Michael Köhlmeier
Wie das Schwein zu Tanze ging

Michael Köhlmeier

Wie das Schwein zu Tanze ging

Eine Fabel

Piper
München Zürich

ISBN 3-492-03119-6

Gesamtherstellung: Kösel, Kempten
Printed in Germany

Inhalt

Erstes Kapitel	Wie Belladonna den Tod besiegte 9
Zweites Kapitel	Wie Belladonna ihren ersten Genossen fand 14
Drittes Kapitel	Wie Belladonna ihren zweiten Genossen fand 20
Viertes Kapitel	Wie Belladonna zwei Gesetze beschloß und eine Mannschaft gründete 26
Fünftes Kapitel	Wie der Fuchs zur Mannschaft stieß 32
Sechstes Kapitel	Wie sich Belladonna ein finsteres Tal einbildete und wie sie der Murl daraus befreite 37
Siebtes Kapitel	Wie zwischen Wald und Wiese die Sonne aufging 44
Achtes Kapitel	Wie der Murl am Ende die

Hoffnung aufgab und dann doch kein Ende war 50
Neuntes Kapitel Wie Betonrohre sich krümmte und bitterlich weinte 55
Zehntes Kapitel Wie die Fähe dem Fuchs zum ersten Mal im Traum erschien 61
Elftes Kapitel Wie Belladonnas Mörder überführt wurde 66
Zwölftes Kapitel Wie ein neuer Wind wehte 74
Dreizehntes Kapitel Wie der Meine gelegt wurde 78
Vierzehntes Kapitel Wie der Hund seinen Herrn verlor und ihn wieder suchte 85
Fünfzehntes Kapitel Wie der Murl von seinem Großvater erzählte, der ein Ziel hatte und hoch hinaus wollte 91
Sechzehntes Kapitel Wie die Fähe dem Fuchs zum zweiten Mal im Traum erschien und der Murl ewig leben wollte 98
Siebzehntes Kapitel Wie der Specht seine Wolke fand und der Fuchs seine Freiheit 104

Achtzehntes Kapitel Wie der Fuchs zu Tanze ging 111
Neunzehntes Kapitel Wie die Fähe dem Fuchs zum dritten Mal erschien 118
Zwanzigstes Kapitel Wie der Fuchs verhandelte und wie ein Sieger aussieht 122

Erstes Kapitel

Wie Belladonna den Tod besiegte

Die Tiere wurden zweihundert Meter südlich des Güterbahnhofs verladen. Zwei Waggons standen bereit. Es regnete. Zuerst kamen die Rinder an die Reihe. Sie wurden vom Lastwagen auf den Platz gezerrt und über eine Holzrampe in den Waggon. Einige brüllten und wehrten sich, einige rutschten auf dem nassen Brett aus und knickten vorne ein. Und wurden getreten. Die Lastwagen fuhren näher heran, der Boden, schwarz von Kohlestaub, platzte auf unter Hufen, Rädern und Schuhen. Im Waggon wurden den Rindern die Köpfe auf die Luftschlitze gerichtet.

Belladonna, ein Schwein unter Schweinen, die alle schrien, schrie nicht, sie sah durch die Ritzen des Anhängers, was draußen geschah. Sie war das klügste Schwein von allen. Sie war so klug, daß ihr kein anderes Schwein glaubte. Als sie gestern keine Nahrung bekommen hatten, hatten ihr die anderen nicht geglaubt, als sie heute mit dem Schlauch abgespritzt worden waren, hatten sie ihr nicht geglaubt; und jetzt glaubten sie ihr auch nicht. Sie schrien Bitten und Entschuldigungen und Beteuerungen hinaus und glaubten nicht, daß das nichts nützte.

Das Schiebetor wurde hinter den Rindern zugezogen und verriegelt, die Rampe vor den zweiten Waggon gekarrt. Der Lastwagen mit den Schweinen stellte sich in Position. Belladonna war am Morgen als erste in den Lastwagen getrieben worden. Die anderen hatten sie an die Rückwand gedrückt und gedroht, sie zu ersticken, wenn sie weiter vom Tod spräche. Nun drängten sie sich aus dem Verschlag, denn ihnen schien die winzige Zukunft zwischen Lastwagen und Eisenbahnwaggon verlockend genug und besser als das Warten. Belladonna aber blieb, wo sie war, in den Scherben ihrer Klugheit, die in Wahrheit immer eine Dummheit gewesen war, denn sie hatte keine Antwort geben können auf die Frage, welchen Zweck das Leben habe.

Als die anderen den Lastwagen verlassen hatten, sah Belladonna mit eigenen Augen, daß der Zweck der Tod war, der zwei Füße hatte mit Stiefeln und zwei Hände, in der einen ein Stück Seil, in der anderen einen Stecken. Er rief nach ihr. Er schlug mit dem Stecken an die Wand des Lasters. Belladonna wünschte, den Tod in die Erde stoßen zu können. Hinter ihm sah sie den Waggon mit den

Rindern, und aus einem der Luftschlitze schob sich ein Rindermaul, und das brüllte.

»Nein«, antwortete Belladonna, »ich weiß nicht, wohin deine Reise geht. Aber ich weiß, daß sie nicht gut enden wird.«

Und das Maul fragte: »Was ist denn gut?«

»Nicht der Tod!«

»Und was ist besser?«

»Tanzen zum Beispiel«, rief Belladonna und rannte los, gerade auf den Tod zu, und rannte den Tod über den Haufen. Ein zweiter Tod stellte sich ihr in den Weg, der holte mit dem Stecken aus, und auch ihn rannte sie über den Haufen. Sie galoppierte über den rußschwarzen Boden und weiter an den Schienen entlang, war aufmerksam und stark wie noch nie in ihrem Leben, hörte das Fluchen und Schreien hinter sich, und schätzte, ohne sich nach ihnen umzudrehen, den Abstand zu den Verfolgern. Ihre kleinen Augen suchten die Welt ab nach einer kleinen Hoffnung, die wenigstens so lange dauerte, wie ein Schwein braucht, um sich auf seine Weise von dieser Welt zu verabschieden.

Schweinelunge und Schweineherz waren sehr schwach, und die Beine waren zu kurz für die großen Schritte, die nötig gewesen wären, und zu viel Fett war überall. Ihre Hufe stolperten im Schotter des Bahndamms, und der Rüssel schlug auf die blanken Gleise. Wo die Brombeerranken begannen, stürzte Belladonna. Sie rollte über den Bahndamm hinunter, das Gestrüpp zerkratzte die Haut an ihrem Rücken, gerade, als oben der Schnellzug aus Wien vorüberbrauste. Der machte, daß die Verfolger sie aus den Augen verloren. Der Güterbahnhof gehörte zu einer unwesentlichen Haltestelle, wo nur Güterzüge und Bummelzüge hielten.

Zweites Kapitel

Wie Belladonna ihren ersten Genossen fand

Belladonna war nicht gestorben und war auch nicht gefunden worden. Sie war über den Bahndamm hinuntergerollt und unten gleich wieder auf die Beine gekommen. Sie war im Lager einer Firma gelandet, die Betonrohre herstellte. Manche Rohre waren so groß, daß sich ein ausgewachsenes Schwein hineinstellen und darin die Dunkelheit abwarten konnte. Belladonna wußte nicht, wozu Betonrohre nützten, sie glaubte, es seien runde Häuser für Verfolgte, für kleinere Verfolgte die kleinen Rohre, für große Verfolgte die großen Rohre. Da stand sie nun in einem der großen Rohre und blutete, aber der Tod schlug nicht mehr mit seinem Stecken nach ihr.

In der Nacht regnete es weiter. Belladonna wagte sich aus ihrem Versteck hervor. Sie stellte sich in das Wasser, das vom Himmel fiel, und ließ sich das Blut vom Rücken waschen. Sie hatte die Nacht noch nie gesehen und wußte nicht, daß sie am Ende eines jeden Tages neu begann und sich nicht darum kümmerte, wem sie Strafe war und wem Lohn.

So viele Wunder waren geschehen, und Belladonna hob den Kopf zu den Laternen oben beim Bahndamm und sang:

»Ich wartete auf das Böse, und es kam das Gute;
Ich fürchtete das Licht, und es kam die Finsternis.«

Da schlug der Hund an, keine zwanzig Schritte entfernt. Es war ein atemloses Kläffen, das viele Drohungen enthielt, Drohungen auch, die weit über die Kompetenz eines Hundes hinausgingen, und nur ausgebellt werden konnten in der Gewißheit eines nahen Herrn.

Belladonna sang ihr Lied zu Ende, denn – was hatte sie noch zu erwarten? Ihre Kollegen lebten alle nicht mehr. Sie allein war auserkoren. Das war Lohn im Übermaß.

»Denkst du, ich fürchte mich vor dir, ich, die ich den Tod über den Haufen gerannt habe«, rief sie zum Hund hinüber.

»Gibt es denn nichts, wovor du dich fürchtest«, fragte der Hund. »Sag es mir, damit ich dir drohen kann. Das muß ich nämlich!«

Sie konnte den Hund nicht sehen, ihre Augen waren schlecht, weite Entfernungen kannten sie nicht, denn sie hatte ihr Leben lang nur von einer Stallwand zur anderen geblickt. Die Laternen oben am Bahndamm hätten das Ende der Welt anzeigen können. Aber das glaubte sie jetzt nicht mehr.

»Ich weiß nicht, wo du bist«, rief sie, »aber mir scheint, du hast mehr Angst vor mir, als ich vor dir haben sollte. Was machst du hier?«

»Ich bewache die Betonrohre«, sagte der Hund. »Wenn nur eines fehlt – ich will es mir nicht ausdenken!«

»Und wovor fürchtest du dich?«

»Vor dem Herrn, der mich jeden Abend anbindet, damit ich auf die Betonrohre aufpasse.«

»Und wie heißt du?«

»Das habe ich vergessen.«

Belladonna war dem Bellen des Hundes gefolgt, und schließlich fand sie ihn. Es war ein blonder Schäferhund mit einem weißen Streifen von den Augen bis zur Nase. Er sprang vor, als er sie sah, und stieß wieder seine Drohungen aus. Das Seil um seinen Hals aber riß ihn zurück.

»Bemüh dich nicht«, sagte Belladonna, »Wenn man keine Angst vor dem Tod hat, dann hat man vor nichts Angst.«

»Oh doch«, kläffte der Hund, »vor dem Herrn, der mich jeden Abend anbindet, damit ich auf die Betonrohre aufpasse.«

»Ich habe immer über den Zweck des Lebens nachgedacht«, sagte Belladonna, »und heute ist er mir klar geworden. Ich bin eine Speise. Ich habe

einen Haufen Kollegen gehabt, die werden vielleicht jetzt schon gegessen.«

»Wer ißt sie«, fragte der Hund.

»Vielleicht der Herr, vor dem du dich fürchtest. Meine Kollegen und ich sind die Speise dieses Herrn. Ohne uns würde er verhungern. Du siehst, ich bin mehr als der Herr, vor dem du dich fürchtest.«

Da wurde der Hund kleinlaut und senkte den Kopf. Er streckte die Vorderpfoten aus und verneigte sich. »Das habe ich nicht gewußt«, sagte er.

»Komm mit mir«, sagte Belladonna. »Ich weiß, wohin ich gehen will, aber ich brauche einen, der mich führt.«

»Ich kann nicht«, sagte der Hund. »Ich habe einen Strick um den Hals.«

»Ist dir nie der Gedanke gekommen, ihn durchzubeißen?«

»Nein. Ich beiße die Knochen, die mir der Herr, den ich fürchte, vorwirft.«

»Ein Strick ist weicher als ein Knochen«, sagte Belladonna. »Beiß ihn durch!«

Der Hund tat es und war frei. Aber er rechnete seine Freiheit nicht seinen Zähnen an, sondern Belladonna, und er legte sich vor sie auf den Boden und schwor, daß er ihr überallhin folgen werde, wohin er sie auch führte.

»Ich werde dich Betonrohre nennen, weil du auf sie aufgepaßt hast, und weil ich glaube, daß Betonrohre Häuser für Verfolgte sind«, sagte sie.

Sie warteten, bis im Osten über den Bergen ein heller Streifen zu sehen war, dann machten sie sich auf den Weg.

»Wohin gehen wir eigentlich«, fragte Betonrohre, als sie Fabrikgelände und Bahndamm schon längst hinter sich gelassen hatten und über ein abgeerntetes Maisfeld auf den Wald zutrotteten.

»Wir gehen zu Tanze«, sagte Belladonna.

Drittes Kapitel

Wie Belladonna ihren zweiten Genossen fand

Betonrohres Bewunderung für Belladonna wuchs mit jedem Schritt. Er sah ein, daß sie allein mit ihren Gedanken sein mußte, und ging schweigend vor ihr her. Als Führer war er für alles verantwortlich. In seiner Umsicht vergaß er eine Zeitlang sogar den Hunger. Allein wäre er auf der geteerten Straße gegangen, mitten durch die Gemeinde hindurch, vorbei am Rathaus, dessen Mauern mit wildem Wein überwachsen waren. Er erinnerte sich an diesen Weg und er erinnerte sich, daß er ihn neben einem Herrn gegangen war, einem anderen Herrn als jenem, dem er bis vor wenigen Stunden angehangen hatte. Im Laufe seines Lebens hatte er schon mehreren Herren gedient, und mit jedem neuen Herrn war die Erinnerung an den vorangegangenen erloschen. Nur die Wege, die er mit seinen Herren gegangen war, blieben ihm eingeprägt. Belladonna schnaufte und rasselte hinter ihm, und er hörte es wie zarte Musik. Er war ein aufmerksamer Beobachter. Ihre gespaltene Hufe waren ihm aufgefallen, und wenn die Liebe seine Gedanken trug, konnte er recht gut kombinieren. Diese Füße sind für Straßen nicht geeignet, das stattliche Gewicht ihres Körpers wird die zarten Füße auf den harten Teer drücken, und sie wird Schmerzen haben. So kombinierte Betonrohre und suchte einen Weg durch die Gärten.

»Du führst sehr gut«, keuchte Belladonna, »und wir sind ein gutes Stück unserem Ziel nähergekommen. Laß uns ausruhen.«

Sie waren schon nahe beim Waldrand, noch wenige Häuser, dann war das Dorf zu Ende. Es waren Einfamilienhäuser, erbaut nach dem Krieg. Fabrikarbeiter hatten hier gewohnt, der Boden war ihnen billig abgegeben worden, die Frauen hatten hinter dem Haus Gemüse angepflanzt, so waren die Familien leichter über die harten Jahre gekommen. Inzwischen waren die Verdienste besser und die Söhne erwachsen, und die hatten auf die Beete eigene Häuser gesetzt. Hinter diesen kam eine Wiese. Hier lagerten sie. Betonrohre trat das Gras nieder, indem er sich im Kreis drehte, und bot Belladonna Platz an. Seine Bewunderung für sie war inzwischen so groß geworden, daß er es nicht wagte, etwas zu sagen. Er wußte nicht, was er hätte sagen sollen.

»Ich glaube, wir sollten etwas essen«, sagte Belladonna.

»Leg dich ruhig nieder«, sagte er und verbellte

dabei jedes Wort, so aufgeregt war er. »Ich werde für Nahrung sorgen, und koste es mein Leben.«

Still tappte er davon. Hinter einem Holunderstrauch verharrte er, um zu hecheln und sich seines Glückes zu vergewissern.

Betonrohre kannte die Gegend, und er roch den Hasen. Das letzte Haus am Weg, es grenzte an den Wald, hatte ohne Veränderung die Jahre überstanden. Dort war kein Sohn erwachsen geworden, und der Verdienst der Bewohner hatte sich nicht verbessert, und die Gemüsebeete mußten beitragen wie vor dreißig Jahren, und da war auch ein Hasenstall. Betonrohre roch, daß der Hase durch das Gras hopste, und er roch, daß der Hase ein junger Kerl war, und er roch noch zwei andere Hasen, aber die zählten nicht, denn sie saßen im Stall und waren alt. Das alles roch Betonrohre. Er suchte den Zaun ab nach einem Durchschlupf. Seine Intelligenz war mit seiner Liebe gewachsen. Wäre er allein gewesen und nur für seinen eigenen Hunger verantwortlich, er hätte ein Loch gegraben und den Hasen womöglich ins Haus gescheucht. Jetzt aber wollte er unter gar keinen Umständen ein Versagen zulassen. Er duckte sich hinter den Hasenstall und sprang mit einem Satz auf das Dach, das zur Wiese hin niedrig war, und mit einem weiteren Satz war er im Garten und hatte den Hasen, einen Schwarz-Weißen, am Genick. Aber der Hase wand sich und glitt ihm aus den

Zähnen, und Betonrohre mußte nachschnappen, und dabei verletzte er ihn.

Mit der Beute im Maul verließ er den Garten auf dem Weg, auf dem er ihn betreten hatte, und lief zum Lager zurück.

»Sterbe ich jetzt«, fragte der Hase. Denn Todesangst hatte er, aber frech war er trotzdem; er hatte nämlich gelernt, daß Albernheit und minderer Witz seinem Überleben nützten – vielleicht sogar noch im Maul des Mörders.

»Ich frag nur, weil ich dich darauf aufmerksam machen möchte, daß unsereiner, bevor er stirbt, einen Riesenfurz läßt, und nachdem du ausgerechnet meinen Hintern im Maul hast, wär es mir ein Vergnügen ...«

Belladonna war nicht da. Betonrohre konnte nicht nach ihr rufen, denn dann hätte er den Hasen aus dem Maul lassen müssen. Er wußte nicht, was er tun sollte, drehte sich im Kreis, wußte nur, daß er wieder versagt hatte, daß er das Schwein, ohne es zu wollen, verraten und den Tanz vielleicht für immer verloren hatte, und daß ihn sogar die eigene Beute verspottete.

Dann hörte er Belladonnas Schmatzen. Keine zehn Hundesätze von ihm entfernt stand sie aufgerichtet an einem Komposthaufen, die Vorderfüße auf der Umzäunung, und fraß aus den Abfällen.

»Sterbe ich jetzt«, fragte der Hase. »Ich frag nur, weil ich gern wissen möchte, wo mein Grab sein wird. Hoffentlich in deinem Bauch, du Köter. Weißt du, daß ich zu der seltenen Gattung der Blähhasen gehöre, die nach ihrem Tod so fett werden wie Nilpferde?«

Mit hängendem Kopf, die Beute als Zeichen seines guten Willens noch immer im Maul, schlich Betonrohre zu Belladonna. Er scharrte mit der Pfote, um auf sich aufmerksam zu machen.

»Wie wunderbar ich gegessen habe!« sagte Belladonna. »Was hast du denn hier? Du bist wunderbar, Betonrohre, du hast uns einen weiteren Gefährten gebracht! Will er auch mit uns zu Tanze gehen?«

Betonrohre schüttelte den Kopf.

»Natürlich will ich«, schrie der Hase, so laut er konnte, was so leise war, daß es nur der Gutwillige hörte. »Natürlich will ich zu Tanze gehen!« Er fürchtete, das Genick könnte ihm brechen vom Kopfschütteln des Hundes. »Nichts hat sich meine Familie seit Generationen mehr gewünscht, als daß endlich einer von uns zu Tanze geht!« Seine Wunde klaffte, man konnte eine Rippe sehen. Blut tropfte auf Betonrohres Pfoten.

Belladonna war eine Gutwillige. »Ich selbst habe keine geeignete Zunge«, sagte sie. »Betonrohre, laß ihn los und lecke ihm seine Wunde!«

Betonrohre schloß die Augen, er wollte nicht mit ansehen, wie der Hase davonlief. Diese letzte Demütigung konnte er nur mit geschlossenen Augen über sich ergehen lassen.

Aber der Hase blieb, und weil seine Todesangst dahin war, fragte er nur: »Sterbe ich jetzt?«

»Aber nein«, sagte Belladonna, »doch nicht wegen dem bißchen Blut von deiner Rippe. Wir werden für dich sorgen, wenn du mit uns kommst. Ich heiße Belladonna, und er, mein lieber Begleiter, mein Führer und Adjutant, heißt Betonrohre. Und wie heißt du?«

»Wie man will«, sagte der Hase.

»Ich werde dich Rippentropf nennen.«

Der Hase hoppelte voran, Belladonna galoppierte hinter ihm her, und als Letzter ging Betonrohre, der Führer. Es war ihm zum Heulen zumute. Das Blut, das er von der Rippe des Hasen geleckt hatte, ließ ihn den Hunger noch mehr spüren.

Viertes Kapitel

Wie Belladonna zwei Gesetze beschloß und eine Mannschaft gründete

Den ganzen Tag marschierten sie durch den Wald, Belladonna malte ihnen aus, wie es beim Tanze sein werde, sie aß, was ihr im Weg lag, für Rippentropf war der Wald ohnehin ein gefüllter Trog, nur Betonrohre blieb im Hunger.

»Es wird sein, wie es sein wird«, sagte Belladonna, »und niemand wird darüber nachdenken, wie es ist, denn so, wie es ist, ist es, und genau so wird es sein.«

Da hörten sie eine tiefe Stimme aus dem Geäst: »Das sind ja Gemälde, die einem Toten die Augen aufmachen!« und ein Bär trat hervor mit ausgebreiteten Armen. »Ihr seid mir die Richtigen«, rief er. »Seht mich und meinen Freund, wir sind praktisch ausgestorben – die letzten beiden und solche Kerle wie wir. Eine Kraft in den Beinen, die nichts anderes verlangt als zu tanzen! Eure Sache muß unterstützt werden, das ist klar, da denkt mein Freund genauso wie ich.«

Aber der Freund war nicht zu sehen.

»Wir laden alle ein«, sagte Belladonna. »Nur: Wer mit zu Tanze gehen will, der muß sich auch zeigen.«

»Vielleicht hat der Bär eine Laus zum Freund«, juxte Rippentropf.

»Ach«, sagte der Bär und hatte ihn schon am Halsfell gepackt und hochgehoben, »was glaubst du, wie groß die Laus eines Bären ist, ha?«

Betonrohre stellte sich vor ihn hin. Er wollte seiner Herrin beweisen, daß sie ihm ihre Gunst den Tag über zu gering bemessen hatte. »Unsere Herrin wünscht nicht, daß wir uns töten«, sagte er.

Sein Gebell roch nach Hunger, und das Wort Töten, war es auch nur schwach ausgebellt, machte ihn schwindelig. Denn er war im Herzen ein Mörder, wenn auch ein trauriger.

»Niemand tötet einen Hasen«, rief der Bär, warf Rippentropf in die Luft und fing ihn auf. »Hasen sterben von allein, weil sie unvorsichtig sind!« Wieder und wieder warf er Rippentropf nach oben bis zu den Ästen und fing ihn auf mit seinen Tatzen.

»Sterbe ich jetzt«, fragte Rippentropf. »Ich frag nur, weil ich dich darauf aufmerksam machen möchte, daß ich zu der seltenen Gattung der Schwerhasen gehöre, die sich in Blei verwandeln, wenn sie sterben, und denen auf den Kopf fallen, die sie in die Luft werfen.«

»Nein, du stirbst nicht«, sagte Belladonna. »Ich sehe, wie zart dich der Bär fängt.«

»Ihr nehmt die Botschaft eurer Herrin zu wenig ernst«, sagte der Bär und ließ Rippentropf los. »Eure Herrin kann sich nicht um alles kümmern. Zum Beispiel du«, er drückte Betonrohre eine Kralle in die Rippen, »du hast Hunger, stimmts?«

Betonrohre antwortete nicht, bittend schaute er zu Belladonna, er hatte Mühe, sie deutlich zu sehen, weil ihm der Hunger schon die Welt verdrehte.

»Gib ihm Antwort, Betonrohre«, sagte Belladonna, »jeder von uns soll sagen, was ihn drückt.«

»So geht das natürlich nicht«, rief der Bär. »Der eine philosophiert über Läuse, der andere wartet, bis ihm die Brocken serviert werden! Seht ihr denn nicht, an welch gewaltigen Plänen eure Herrin arbeitet? Wer nicht selbst für sich sorgt, ist ein Saboteur! Warum? Weil er an der Kraft der Herrin saugt. Im Grunde ist er eine Laus. Und Läuse gehen nicht zu Tanze. Die tanzen ohnehin ihr Leben lang. Aus diesem Grunde sollte es verboten sein, über Läuse zu philosophieren! Hab ich recht, Herrin?«

Seit Belladonna den Tod besiegt hatte, war ihr jede Stunde, jede Minute wunderbar erschienen, weil sie mit sich selbst beisammen war und sich selbst nicht verlor. Sie hatte begonnen, sich zu lieben. Nun kam Bewunderung von außen hinzu. Nicht leise Bewunderung aus gesenktem Kopf wie bei Betonrohre, sondern Lobpreisung aus dem himmelgereckten Rachen eines stolzen Bären. Das schmeichelte ihr.

»Du hast recht«, sagte sie. »Machen wir ein erstes Gesetz: Über Läuse zu philosophieren soll verboten sein.«

»Und zu hungern soll auch verboten sein«, donnerte der Bär.

»Gut«, sagte Belladonna, die nichts auf der Welt mehr verabscheute als den Hunger, »machen wir auch gleich ein zweites Gesetz: Zu hungern soll verboten sein.«

Nun wußte Betonrohre, daß er der Schwächste geworden war. Mit letzter Kraft mühte er sich um ein vernünftiges Gebell, nur damit sich seine Herrin für ihn, ihren Ersten, nicht zu schämen brauchte. »Was soll ich gegen meinen Hunger tun?«

»Frag nicht die Herrin«, brüllte der Bär, und mit weicher Stimme fügte er hinzu: »Frag meinen Freund, er ist wie du, von derselben Art, nur von der besseren Sorte.«

Aus dem Gebüsch schlüpfte ein Wolf, zerzaust und zerfranst, ein wenig kleiner als Betonrohre. Er nickte mit dem Kopf, jedem ein Nicken, Rippentropf sogar mehrere und ein Paar gierige Augen dazu und ein langes Gähnen aufs Fell. »Wenn ich helfen kann?«

»Nun sind wir eine gesunde Runde«, sagte Belladonna, »ich denke, mehr brauchen wir nicht, um zu Tanze zu gehen. Ich möchte euch beiden noch Namen geben, dann machen wir uns weiter auf den Weg.«

»Wir haben Namen«, sagte der Bär. »Ich bin der Murl, und er ist der Meine.«

Nun waren sie also zu fünft: Belladonna, das Schwein, Betonrohre, der Hund, Rippentropf, der Hase, der Murl, ein Bär, und der Meine, ein Wolf. Der Murl wurde nicht müde, Belladonnas Pläne zu loben und ihre Gesetze zu zählen. Bald sprach er von fünf Gesetzen, und nicht einmal Belladonna wußte, wann die drei neuen dazugekommen waren und was sie betrafen. Sie wurde von Schritt zu Schritt schöner. »Eine Mannschaft«, sagte sie manchmal zu sich selbst, »ja, eine Mannschaft, eine Mannschaft!« Ihr war, als hätte sie die Enden der Welt zum Eigentum: Die Mannschaft dient der Herrin mit Furcht und freut sich ihrer mit Zittern.

Fünftes Kapitel

Wie der Fuchs zur Mannschaft stieß

Das ging so: Der Fuchs hatte seine Fähe verloren, sie war zugrunde gegangen an der Krankheit, die drei Tage dauert bis zum Tod. Und er wartete selber aufs Sterben. Er war nämlich bis zum Schluß eng bei ihr gelegen, es war ihm ein Anliegen gewesen, sich bei ihr diese Krankheit zu holen, denn allein wollte er nicht auf der Welt bleiben.

Er wartete drei Tage und spürte nichts von einer Krankheit. Also war er nicht krank. Er kroch aus der Höhle, ließ alles zurück und machte sich fort.

Dann hörte er die Stimme des Bären und folgte ihr. Er kletterte auf einen moosbewachsenen Felsbrocken und blickte hinunter in den lichten Buchenwald, wo sie rasteten. Hund, Hase, Wolf, Bär und Schwein. Diese hier hatten kein Gewehr, deshalb konnte es nicht schaden, sich ihnen zu zeigen. Er trat vor und rief: »Es ist schön, euch zuzusehen!«

»Wir haben nichts dagegen«, antwortete Rippentropf, der schnellste Antworter der Mannschaft.

Der Murl war strenger im Ton, vielleicht auch nur darum, weil Bärengebrumm so klingt: »Was willst du von uns?«

»Ich dachte, es gehört sich nicht, jemanden zu beobachten und sich selbst nicht zu zeigen«, sagte der Fuchs.

»Wer spricht denn da so höflich«, fragte Belladonna. Ihre Augen reichten nicht so weit. Aber es war ja nicht ihre Aufgabe, zu sehen, was wirklich war; das hatte ihr der Murl als ein weiteres Gesetz vorgeschlagen, und sie hatte es gern bestätigt.

»Der Fuchs«, sagte der Meine, wölfisch kurz, meist nur ein Wort, das war bekannt.

»Wir sind schon vollzählig«, piepste Rippentropf.

»Ich habe nicht verstanden«, log der Fuchs, »meine Ohren lassen zu wünschen übrig«, denn er wollte als weniger gelten, als er war.

»Er soll zu uns kommen«, sagte Belladonna. »Teilt es ihm mit.«

»Die Herrin erlaubt, daß du zu uns herunterkommst und dich vorführst«, rief der Murl.

»Ich bin auch ein wenig schlecht zu Fuß zur Zeit«, sagte der Fuchs. »Vielleicht seid ihr so freundlich und schickt mir den Hund herauf, damit er mich führen kann.« Er konnte genau sehen, wer unten der Schwächste war.

Belladonna schickte Betonrohre, und Betonrohre gehorchte, obwohl er glaubte, es werde sein letzter

Weg sein, denn sogar die Kraft zu sprechen war in ihm am Erlöschen.

Der Fuchs kam ihm entgegen. In einer Mulde, wo sie die anderen nicht sehen konnten, sagte er: »Ich rieche, daß du Hunger hast. Ich werde dir etwas zu fressen besorgen als Dank dafür, daß du mich abholst.«

»Sonst sterbe ich«, keuchte Betonrohre.

»Willst du denn sterben«, fragte der Fuchs.

Betonrohre bewegte langsam den Kopf von einer Seite zur anderen.

»Dann warte hier«, sagte der Fuchs. Er begann in der Mulde zu scharren, und bald brach er in eine Höhle ein. Es war ein Dachsbau. Hier lagerten an die zwanzig Mäuse, Salamander, Dohlen, Möhren, Blindschleichen, sogar drei Rebhühner – alle tot, und noch obendrein ein leerer Bienenstock, süß und klebrig.

»Friß, soviel du kannst«, sagte der Fuchs, »und friß schnell! Der Rest soll mein Gastgeschenk für euch sein.«

»Das vergeß ich dir nie«, sagte Betonrohre.

»Ich bin wie du«, sagte der Fuchs. »Weißt du nicht, daß ich Holzhund genannt werde?«

Unten im Buchenwald verteilte der Fuchs die Geschenke, für jeden ein Bestes, und machte sich beliebt. Der Murl führte ihn sogar ein Stück hangaufwärts und ließ sich gemeinsam mit ihm betrachten: Wie er dem Fuchs übers Fell strich.

»Schönes Fell«, sagte der Murl.

»Wir glücklichen beiden, die wir so ein Fell haben, ist es wahr«, flüsterte ihm der Fuchs zu.

»Ist wahr«, sagte der Murl und ließ für einen langen Moment seine Tatze auf dem Fuchsfell ruhen.

Nur der Meine rührte seinen Bissen nicht gleich an. Er sträubte den Wolfspelz und schob sein Rebhuhn dem Fuchs vor die Läufe und heiserte: »Warum?«

»Für die einen das Gute«, steckte ihm der Fuchs, »aber für die Verwandtschaft das Beste. Na?« Da schlang es der Meine hinunter.

Rippentropf nagte die Möhren nieder. »Das ist ja was Neues, daß der Fuchs dem Hasen zu fressen gibt«, sagte er. »Ist das ein Trick, an dem ich sterben kann?«

»Was die Jäger so reden«, sagte der Fuchs. »Weil sie dumm sind und im Winter, wenn Schnee liegt, die Spuren von Fuchs und Hase nicht unterscheiden können.«

»Können sie nicht«, fragte Rippentropf ungläubig.

»Nein«, sagte der Fuchs. »Sie sehen die Spuren und sagen: Da flieht einer, entweder Hase oder Fuchs.«

»Weil der Hase vor dem Fuchs flieht«, sagte Rippentropf.

»Beide fliehen sie vor dem Jäger, glaub mir«, sagte der Fuchs.

»Und du selbst«, fragte Belladonna, »willst nichts essen?«

»Ich hab schon«, sagte der Fuchs, »unsereinem paßt alles in den Magen.«

»Genau wie mir«, sagte Belladonna. »Willst du nicht mit uns zu Tanze gehen? Dann gebe ich dir einen Namen.«

»Sicher«, sagte der Fuchs, »ein Stück weit gehe ich mit. Aber mit dem Namen bitte ich die Herrin zu warten. Mit vollem Magen sollte man keinen Namen vergeben, er könnte zu schön ausfallen und mir nicht mehr zu Gesicht stehen, wenn wir Hunger haben.«

»Das wär doch wieder ein Gesetz, nicht wahr!« rief der Murl, und der Meine merkte es sich, denn er hatte das beste Gedächtnis.

Sechstes Kapitel

Wie sich Belladonna ein finsteres Tal einbildete und wie sie der Murl daraus befreite

Belladonna beschäftigte sich mit dem Tanz, wie er sein wird. »Er könnte überall sein«, sagte sie. »Überall und jederzeit, eigentlich.«

Der Murl lauschte ihr jedes Wort ab. Dann huschte er nach hinten zu den anderen und verkündete: »Der Tanz, sagt die Herrin, kann überall sein und jederzeit, eigentlich – nur nicht hier und nicht jetzt, wo es so steil aufwärts geht und es gleich Abend wird.«

»Ein Gesetz?« fragte der Meine.

»Ein Gesetz«, sagte der Murl.

Sie gingen seit Zeiten schon in derselben Ordnung. Betonrohre und Rippentropf als letzte, der Meine in der Mitte und vorneweg auf jedem Weg und auf alle Fälle Belladonna und neben ihr der Murl. Die Herrin sollte durch so viele Füße in ihren Ausmalungen nicht gestört werden, gerade noch die weichen Tatzen des Murl durften ihr zugemutet werden.

Der Fuchs hielt sich nicht an die Gehordnung, noch war sie nicht Gesetz, außerdem gehörte er ja nicht eigentlich zur Mannschaft. Manchmal schlüpfte er seitlich ins Gebüsch und tauchte vor Belladonna und dem Murl wieder auf, und so gab in Wahrheit er die Richtung an, in der die anderen marschierten.

Belladonna war froh, manchmal jemanden vor sich zu sehen, an den sich ihre Augen heften konnten. Denn der Wald wurde immer jünger und dichter, und ein Tag machte ihr zu schaffen wie drei Tage. Bald war sie zu sehr damit beschäftigt, sich vor dem stachligen Reisig zu schützen, als daß sie sich und dem Murl weiter den Tanz hätte einbilden können. Der Murl ging nun nicht mehr neben ihr, sondern hinter ihr. Dadurch hatte er es leichter, denn Belladonna drückte, schob und knackte ihm mit ihrem Körper eine Schneise. Ihr Kopf war zerschunden und ihr Rücken zerkratzt und ihr Rüssel blutete. Sie konnte sich nicht einmal umdrehen, um nach dem Murl zu schauen. Wenn sie den Kopf wendete, sah sie an ihrem feisten Leib nicht vorbei. Auch schnaufte sie so laut, weil es streng aufwärts ging, daß sie außer ihrem Schnaufen und Grunzen nichts anderes hörte. Und wenn sie die Augen schloß, bedrängten sie wieder die Bilder, die sie seit Anfang ihrer Reise nicht mehr bedrängt hatten und die sie gerne vertrieben hätte. Denn es waren keine hellen Bilder vom Tanz, sondern finstere Bilder von einem finsteren Tal, eigentlich von einem Kanal, einem gemauerten, der an einer Rampe endete. Der Fichtenreisig, der auf ihren Rücken schlug, war wie Stab und Stecken des Todes. Da blieb sie stehen und wollte nicht mehr weiter. Auch der Murl blieb stehen.

»Sind wir beim Tanz«, fragte er.

»Nein«, sagte sie.

»Warum stehen wir dann?«

»Willst nicht du vorangehen, du kannst dich auf die Hinterbeine stellen und mit den Armen um dich schlagen, ich kann das nicht.«

»Wie gerne würde ich dir diesen Gefallen tun«, sagte der Murl, »aber wie sähe das aus, wenn die Herrin hinter ihrem Boten hergeht; und mehr als dein Bote bin ich ja nicht.«

»Dann müssen wir umkehren«, sagte Belladonna. »Ich bin zu dick für diesen Wald.«

»Es wäre richtig, umzukehren«, sagte der Murl, »aber was für ein Bild würde es machen, umzukehren und zuzugeben, daß sich die Herrin im Weg geirrt hat.«

»Ich will meine Mannschaft nicht belügen«, sagte Belladonna, »ich will vor sie hintreten und sagen, daß der Weg falsch ist und wir einen anderen Weg suchen müssen.«

»Das wäre eine Möglichkeit«, sagte der Murl, »aber die Mannschaft würde es als ein Versagen deinerseits mißverstehen, wo es doch ein Irrtum des Weges ist; denn nicht du bist falsch, sondern der Weg. Wenn ich dich recht verstehe, ist der Mannschaft nur mit der Wahrheit beizukommen. Die Wahrheit zu sagen aber heißt – so verstehe ich andere deiner Äußerungen –, sie unmißverständlich zu sagen; das heißt, es muß beim Sagen der Wahrheit auf den Rücksicht genommen werden, der die Wahrheit hören soll. Deshalb – so deute ich weitere deiner Äußerungen – muß die Wahrheit in einer bestimmten Art und Weise und nicht nur einfach gesagt werden.«

Der Murl stand aufrecht und hielt sich an den Wipfeln von zwei kleinen Fichten fest, wie an Stab und Stecken. Von oben herab sprach er zu Belladonna. Aber das störte sie nicht, denn sie wußte ja, daß Bären gern auf den Hinterbeinen stehen; der Anblick tröstete sie sogar, und was der Murl sagte, schmeichelte ihr und erstaunte sie auch, war doch anzunehmen, daß ihre »Äußerungen«, wie der Murl es nannte, in seinen Ohren viel klüger klangen, als sie in ihrem Mund geschmeckt hatten.

»Kann es sein, daß die Klugheit zunimmt, je weiter sie sich von dem Mund entfernt, der sie ausspricht«, fragte sie.

»Ganz sicher ist es so«, sagte der Murl. »Ich schlage sogar vor, daß wir dies zum Gesetz erheben.«

»Ja, gut, sagte Belladonna, »aber dennoch weiß ich nicht, wie wir weitergehen sollen.«

»Natürlich kann ich auf den Hinterbeinen stehen und mit meinen Armen um mich schlagen«, sagte der Murl, »und natürlich würde es helfen, wenn ich vorneweg marschierte, also wenn ich ein Führer wäre, aber ich bin kein Führer, sondern nur ein Bote, und da hilft es natürlich nichts, wenn ich auf den Hinterbeinen stehen und mit den Armen um mich schlagen kann.«

»Betonrohre ist bereits mein Führer«, sagte Belladonna. »Er hat versprochen, mir überallhin zu folgen, wohin er mich führt.«

»Der Hund ist ein vortrefflicher Führer«, sagte der Murl, »und wenn er auf den Hinterbeinen gehen und mit den Armen um sich schlagen könnte, dann wäre er sogar ein Anführer, und er würde uns in deinem Namen auf dem richtigen Weg anführen und diese kleinen vielen Bäume, die unsere Feinde sind und uns längst umstellt haben, in den Wind schlagen; so aber ist er nur ein Führer und ich bin nur ein Bote.«

»Soll ich dich zu unserem Anführer machen«, fragte Belladonna.

»Ich glaube, es ist eine Notwendigkeit«, sagte der Murl.

»Gut«, sagte Belladonna.

»Ein Gesetz?« fragte der Murl.

»Ein Gesetz«, sagte Belladonna.

Der Murl verkündete dem Meinen die neuen Gesetze – daß er der Anführer sei und daß die

Klugheit mit der Entfernung vom Mund zunehme – und dann drosch er mit seinen Armen auf die kleinen Fichten ein, daß der Wald auseinanderflog, und so ging es die ganze Nacht bis zum Morgen. Da war der Wald zu Ende, und die Sicht war frei.

Siebtes Kapitel

Wie zwischen Wald und Wiese die Sonne aufging

Sie blickten auf eine weite, taunasse Wiese, die leicht abfiel. Unten im ersten Licht der Sonne lag ein Gehöft. Das Schieferdach schimmerte silbergrau. Nichts bewegte sich darumherum. Hinter den Stallungen begann wieder der Wald.

Rippentropf spähte durch die Beine der anderen hindurch. Er sah die Welt hinter den Säulen der Großen; solange die nicht brachen, würde er nicht sterben. Nur der Fuchs hielt sich abseits. Ihn hatte die Wehmut erfaßt. Er kannte diesen Ort. Hier hatte er seine Fähe gefunden. Sie hatte sich zwischen ihm und ihrem Hunger für ihn entschieden und war nicht durch das hohe Gras hinunter zu diesem Haus gelaufen, wo ihr Hühner und Gänse versprochen worden waren, sondern war hungernd ihm, dem Hungrigen, gefolgt und bei ihm geblieben und hatte ihn erst an ihrem Ende verlassen. Er zog seinen Schwanz zwischen die Hinterläufe und vergrub seine Schnauze im Farn. Er wollte es nicht, aber der

Schmerz keckerte aus seiner Kehle, als wäre er ganz neu.

»Wer lacht da«, fragte der Murl.

»Ich nicht«, pfiff Rippentropf.

»Der Fuchs«, sagte Betonrohre.

»Ich lache nicht«, sagte der Fuchs. »Ich lache bestimmt nicht, am allerwenigsten lache ich. Nein, ich lache sicher nicht.«

»Er lacht nicht«, sagte der Meine. »Ich kenne das. Das ist beim Fuchs das Gegenteil davon.«

Da stellte sich der Fuchs neben den Meinen. »Danke«, sagte er.

»Nur die Wahrheit«, sagte der Meine.

»Anführer«, sagte Belladonna, »wenn du genug geschaut hast, will ich wissen, was du siehst.«

Der Murl schwankte mit dem Kopf hin und her und stapfte von einem Vorderfuß auf den anderen. Seine Backen blähten sich, und seine kleinen, runden Ohren zuckten. So eine offene Wiese war ihm fremd und nicht geheuer. »Wir werden einen großen Umweg machen müssen«, sagte er. »Einen sehr großen Umweg sogar, verdammtnochmal, es sei denn, wir kehren um. Denn was ich sehe, ist eine Wiese, die rechts nicht aufhört und links nicht aufhört, und wenn wir den Wald dort drüben erreichen wollen, dann müssen wir um diese Wiese herumgehen. Aber sicher, wenn wir um diese Wiese herumgegangen sind, werden wir auf der anderen

Seite, in dem anderen Wald dort drüben, den Tanz finden.«

Belladonna sah nur das Schimmern des Hausdaches unten auf der Wiese – ein heller Fleck –, sonst konnte sie nichts erkennen. Sie verstand nicht, warum die Stimme ihres Anführers so ängstlich klang.

»Warum können wir nicht zu diesem hellen Fleck dort unten gehen«, fragte sie.

»Dort unten wohnen Menschen«, knurrte der Murl. »Man kann sie nicht sehen, aber ich will sie auch nicht sehen. Ich will nicht!«

»Was bist du für ein Anführer«, schimpfte Belladonna. »Sobald wir aus dem Wald heraus sind, kriegst du Angst und kennst dich nicht mehr aus!«

»Der helle Fleck ist ein Haus«, sagte der Fuchs.

»Willst du mein Anführer sein«, fragte Belladonna.

»Ich glaube, du brauchst jetzt keinen mehr«, sagte der Fuchs.

»Das stimmt«, sagte Belladonna. »Aber sag mir: Wem gehört dieses Haus?«

»Es gehört dem Herrn Holzmeier.«

»Was macht der Herr Holzmeier?«

»Er hat Äcker und Ställe, und auch die Wiese gehört ihm.«

»Er hat Ställe? Wer wohnt in den Ställen?«

»Kühe wohnen dort und Hühner und Gänse, und er hat auch einen Traktor.«

»Wohnen auch Schweine in seinen Ställen«, fragte Belladonna.

»Auch Schweine wohnen dort.«

»Er wird dich einsperren«, fuhr der Murl dazwischen. »Dich und den Hund und den Hasen wird er einsperren, und mich und den Meinen und den Fuchs wird er erschießen!«

Aber Belladonna hörte nicht auf ihn. »Erzähl mir von den Schweinen, die in den Ställen des Herrn Holzmeier wohnen«, sagte sie zum Fuchs.

Aber der Murl ließ keine Antwort zu: »Was wollen wir uns solche Geschichten anhören von einem, der nicht einmal zur Mannschaft gehört, vielleicht ist er im Geschäft mit dem Herrn Holzmeier und hat uns zu ihm gelockt, weil sich der Herr Holzmeier einen Hasenbraten wünscht und einen Hund an der Kette und Schweineschinken im Kamin und Ruhm und Ehre dazu, weil er den letzten Wolf und den letzten Bär erschossen hat.«

Seine Rede fiel ins Leere. Belladonna war schon vorangegangen, und Betonrohre ging neben ihr und Rippentropf hinter ihr, und der Fuchs war im hohen Gras verschwunden. Nur der Meine stand noch beim Murl, aber an ihn war die Rede nicht gerichtet gewesen. So allein, wie sie jetzt waren, waren sie schon vorher gewesen. Die Einsamkeit schlug auf die beiden Ausgestorbenen nieder.

»Also gut«, brummte der Murl, »ein Stück weit kann nicht schaden.«

»Ein Stück weit nicht«, sagte der Meine, und sie folgten.

In Belladonna sang eine Melodie, die schönste Melodie, die sie kannte: Blechkübel und Knechtschreie und das Schmatzen alter Tage, das Rüsseln und Grunzen des Paradieses, als es Arbeit war, zu fressen, und die Sehnsucht dem Schatten galt und sonst nichts, als man sich legte und nicht dachte, wann steh ich auf, als man die Rüsselscheibe des Ebers an der Seite spürte, einmal oder zweimal im Jahr. Sie ahnte, ihr Tanz war nah.

»Ich will!« rief sie. »Ich will zu Tanze gehen!«

Und als der Murl und der Meine bei ihr waren und auch der Fuchs wieder aufgetaucht war, sagte sie: »Ich will in den Stall zurück. Dort ist mein Tanz, jetzt weiß ich es. Ihr braucht mir nicht zu folgen. Wer einen anderen Tanz weiß, soll außenherum gehen.«

»Ich folge dir!« rief Betonrohre, und in alter Gewißheit einer Kette, die ihn auffangen würde, sprang er vor; aber an seinem Hals hing nur noch ein Fetzen seines alten Stricks, und so sprang er ins Leere und überschlug sich vor den anderen und landete jämmerlich.

»Dort unten sterbe ich sicher nicht«, sagte Rippentropf.

Der Fuchs war wieder im Gras verschwunden. Dieser Ort hatte ihm Glück gebracht, wenn nun ein Unglück folgte, so würde er sich nicht beschweren.

Und größeres Glück und größeres Unglück würde es für ihn ohnehin nie mehr geben.

Zwischen Wald und Wiese ging die Sonne auf.

Achtes Kapitel

Wie der Murl am Ende die Hoffnung aufgab und dann doch kein Ende war

Da war ein Graben. Quer durch die Wiese. Der war hier auf dem Grund des Herrn Holzmeier ausgehoben worden. In dem Graben sollten Rohre verlegt werden. Womöglich. Oder was sonst der Wunsch des Herrn Holzmeier war. Er hatte Pläne mit seiner Wiese. Der Graben war zu breit, als daß man darüberspringen hätte können, und zu tief und zu steil, um hinunterzuklettern und auf der anderen Seite wieder hinauf, und ein Ende des Grabens war nicht abzusehen, er teilte die Wiese in zwei Hälften. Und die Wiese war ein langes Band über Berg und Tal.

Die Tiere blickten hinunter in den Graben, aber sie konnten nichts erkennen, denn die Sonne stand erst über den Baumwipfeln hinter ihnen, und wie sie es auch anstellten, immer schauten sie auf ihren eigenen Schatten.

»Man könnte«, sagte Betonrohre.

»Nein«, sagte der Murl, »man könnte nicht.« Er

war erleichtert und drängte sich jetzt wieder nach vorne.

»Vielleicht würde«, flüsterte Rippentropf.

»Nein«, sagte der Murl, »es würde auch nicht.«

»Und dennoch weiß ich, daß dort drüben der Tanz ist«, sagte Belladonna.

»Ja, vielleicht ist dort drüben der Tanz«, sagte der Murl, »aber dann will man nicht, daß wir mitmachen. Hier ist das Ende, ich habe es immer geahnt. Nur euch zuliebe habe ich die Hoffnung nicht aufgegeben. Jetzt gebe ich sie auf.«

Er erhob sich auf seine Hinterbeine und streckte seinen Körper und war wie ein Turm für die anderen, unten breit, nach oben schmaler, und seine Stimme bebte: »Schart euch alle um mich! Wir wollen unserer Herrin nichts nachtragen. Sie hatte einen Traum, und dieser Traum hat uns zusammengeführt und uns ein kleines Glück gebracht. Dafür wollen wir ihr danken. Laßt uns zusammenstehen und aus Leibeskräften hinüberfluchen zu diesem Herrn Holzmeier, der uns den Tanz verwehrt, und dann laßt uns neue Tage beginnen. Laßt uns trauern um unseren Traum, wir wollen ihn nie vergessen, aber wir dürfen die neuen Tage nicht von ihm leiten lassen. Wir wollen den Traum in unseren Herzen verschließen und ihn nie wieder herauslassen. Jedes Glück zieht Unglück nach sich, und das ist zu riskant. Das haben wir gelernt. Nur wenn wir verzweifelt sind, wollen wir die Herzen öffnen und an dem alten Traum ein bißchen riechen; aber nur riechen, damit er uns ein wenig Hoffnung gibt; aber nicht zuviel. Denn die Hoffnung ist wie das Glück: zuviel davon ist zu riskant.«

Er streckte sich noch mehr und hob die Nase über sich hinaus und sang: »Es war ein großer Traum, der uns hierher geführt hat, zu groß für einen Bären, einen Wolf, einen Fuchs, einen Hund, einen Hasen und für ein Schwein, und zu groß für die kurze Zeit unseres Lebens. Das wollen wir einsehen und damit zufrieden sein. Denn auch wenn wir den Traum unserer Herrin nicht gebrauchen können, so haben wir ihn doch für eine kurze Zeit gehabt, und das ist mehr, als die meisten Tiere von sich behaupten können.«

Belladonna schnuffelte am Rand des Grabens entlang. Sie ließ sich von der Rede des Murl nicht beeindrucken. »Sicher hat er recht«, sagte sie, und sie sagte es mehr zu sich selbst als zu den anderen. »Aber ich kann nicht anders, ich kann nicht auf ihn hören, ich kann nicht, ich kann nicht.«

»Dann sag uns, was wir tun sollen«, bellte Betonrohre kurz und trocken. Nicht, daß ihm Zweifel an seiner Herrin gekommen wären, aber ein so hoch aufgerichteter Murl war ein schöner Anblick für ihn. Von schönen Worten verstand er wenig.

»Tut, was er sagt«, quiekte Belladonna aufgeregt. »Geht zurück in den Wald, ich gehöre nicht mehr zu euch. Ich muß zu Tanze. Ich kann nicht anders.«

Schon hatte sie sich von der Mannschaft entfernt. Sie lief am Graben entlang, den Rüssel im Gras, als ob sie etwas suchte.

Im Gras versteckt hatte der Fuchs der Rede des Murl gelauscht, und die Worte hatten durch sein Fell gestochen und sein Herz getroffen. Als wäre dies die Totenrede gewesen für seine Fähe. Das Keckern hatte wieder in seiner Kehle gekitzelt, das wie ein Lachen klang, doch das Gegenteil davon war. Er nahm es dem Murl übel, daß er die Worte gebrauchte wie Körbe, in die man Äpfel, Birnen, Steine oder Tannenzapfen legen konnte, grad wie man wollte.

Nun tauchte er aus dem Gras auf. »Der Murl hat schön und richtig gesprochen«, sagte er. »Die Herrin hat uns einen Traum gegeben, für den wir ihr dankbar sein sollten, und darum sollten wir ihr unsere Dankbarkeit auch zeigen, bevor wir sie verlassen. Wie ich sehe, sucht sie etwas. Vielleicht können ihr unsere Augen und Nasen und Ohren dabei helfen.«

»Nein«, rief Belladonna. »Ich suche nichts mehr! Ich habe es gefunden!« – Ein Brett, das über dem Graben lag. – »Einer wie der Herr Holzmeier sperrt sich nicht selber ein.«

Da rutschte der Murl wieder nach hinten, nicht einmal der Meine stellte sich zu ihm, und Betonrohre vergaß, daß ihn der Bär je beeindruckt hatte. Noch einmal war Jubel.

Und Rippentropf dachte nicht mehr ans Sterben. Er spielte den Wegweiser, gab jedem einen lustigen Tritt und ließ sie der Reihe nach an sich vorbeimarschieren, als wäre er Führer, Anführer und Herr in einem. Erst als alle auf dem Brett waren, folgte er nach.

Und es war das Gewicht des kleinen Hasen, das noch fehlte, damit das Brett in der Mitte auseinanderbrach. Sie fielen in den Graben.

Neuntes Kapitel

Wie Betonrohre sich krümmte und bitterlich weinte

Hoffnung und Ziel machen stark in den Knien und stillen die Mägen oft besser als Fleisch. Auch besser als Gemüse und Honig und Nüsse. Wenn aber die Hoffnung im Graben liegt und mit dem Ziel nicht mehr zu rechnen ist, dann werden die Träume zu Mauern, die halten eine Zeitlang, aber dann schiebt man sie beiseite oder sie fallen von selbst, und das Brüllen der Mägen wird durch nichts mehr gedämpft.

Der Fuchs, der Meine, der Murl und Rippentropf liefen die Grube hinauf und hinunter und suchten. Nahrung suchten sie, aber die fanden sie nicht, und eine flache Stelle suchten sie, und die fanden sie ebenfalls nicht. So tief unten gab es auch keine Wurzeln mehr. Rippentropf redete also wieder vom Sterben. Ruhe war nur für kurze Zeit, wenn sie aus den Pfützen braunes Wasser tranken.

Am ärmsten dran war Belladonna. Sie hatte sich beim Sturz ein Bein gebrochen, und sie war ein

Hindernis für die anderen, die über sie drübersteigen mußten, wenn sie die andere Seite der Grube erkunden wollten. Und es hieß nicht mehr »Verzeihung, Herrin!« oder »Entschuldigung, Herrin!«. Zuerst sprangen sie ja noch über sie drüber. Aber als Müdigkeit und Hunger den Anstand schwächten, wurde ihr auf den Leib getreten. Ihr Traum war oben geblieben, hier unten war sie ein schweres, hungriges Tier, zornig und schlecht gelaunt.

Betonrohre hockte neben ihr und leckte ihr Bein. Aber mehr als das Bein schmerzte ihr leerer Magen. »Sie sollen mir mein Fressen bringen«, rasselte sie.

»Es gibt nichts zu Fressen«, sagte Betonrohre.

»Ihr strengt euch zu wenig an!« Mehr als ihr leerer Magen schmerzte sie, daß sich die anderen nicht um sie scherten und sie behandelten wie einen Haufen. »Warum ehren sie mich nicht mehr?«

»Sie ehren dich schon noch«, sagte Betonrohre und leckte weiter an ihrem Fuß. Dabei behielt er im Auge, wo die anderen waren und was sie taten und ob sie herschauten.

»Aber ich sehe nicht, daß sie mich ehren!«

»Dochdoch, dochdoch.«

»Sie behandeln mich nicht mehr als ihre Herrin«, klagte Belladonna. »Aber ich bin ihre Herrin!«

»Du bist unsere Herrin, dochdoch«, flüsterte Betonrohre, denn der Murl kam auf sie zu.

»Warum leckst du meinen Fuß nicht weiter«, kreischte sie.

»Ich muß erst wieder Spucke sammeln«, log Betonrohre und schluckte die Spucke hinunter. Der Murl beobachtete sie nämlich, die beiden. Wieder stand er aufrecht da, und die eigenen Pranken hingen an ihm herab wie zwei erlegte Pelze. Da machte der Hunger, daß Betonrohre sah, wie dem Murl eine Hose und ein Hemd wuchsen, wie sein Gesicht glatt wurde und weiß; und auch die Augen veränderten sich und sprachen zu Betonrohre: »Erinnerst du dich nicht mehr an uns?«

»Doch«, sagten die Augen von Betonrohre. »Aber wir wissen nicht, wer ihr seid.«

»Wir sind dein alter Herr«, sagten die Augen in dem neuen Gesicht vom Murl.

»Welcher alte Herr«, fragten Betonrohres Augen.

»Den du verlassen, dessen Strick du durchgebissen hast.«

Betonrohres Gewissen hing ihm wie ein Stein im Fell, und er schüttelte sein Fell. Da verschwanden die sprechenden Augen und die Hose und das Hemd und das glatte weiße Gesicht, und nur der Murl blieb übrig, und Betonrohre hörte Belladonnas wütendes Quieken: »Was ist denn! Was ist denn! Jetzt hast du genug Spucke gesammelt! Mach weiter!«

»Gleich«, winselte er, »gleich!«

Sie trat mit dem gesunden Bein nach ihm. »Nein, sofort!«

»Was tust du denn da, Hund«, fragte der Murl.

Betonrohre duckte sich und trat auf der Stelle.

»Ich?« hechelte er, »ich lecke den Schweiß von ihrem Bein.«

»So?« sagte der Murl. »Bist du denn ihr Diener? Ich dachte, du bist ihr Führer?«

»Weiß er denn nicht, daß Diener und Führer ein und dasselbe sind?« grunzte Belladonna.

»Aha, aha«, sagte der Murl. »So ist das! Das heißt das.«

»Nein, nein«, sagte Betonrohre. »Im Schweiß ist Salz, und Salz ist ein Nahrungsmittel. Das heißt, ich sorge mich nur um meine Ernährung, sonst heißt das gar nichts.«

Der Murl drückte die Tatze auf Belladonnas fetten Rücken und sagte: »Aha, im Schweiß ist Salz, und Salz ist ein Nahrungsmittel, aha. Was wir Wilden von euch Zahmen nicht alles lernen können. Ich wußte gar nicht, daß Schweine schwitzen.«

Dann stieg er über Belladonnas Körper und machte sich in der anderen Richtung davon.

»Du dummer Hund«, fauchte Belladonna, »weißt nicht mehr über uns Schweine als die Wilden! Du bist es nicht wert, ein Führer zu sein!«

Betonrohre wagte nicht, sie anzusehen. Sein Schwanz bog sich zwischen die Hinterläufe, und die Vorderläufe knickten ein, und nur ein kleines, rauhes Bellen schlüpfte ihm aus der Kehle.

»Geh weg«, sagte sie. »Ernähre dich von deinem eigenen Schweiß, wenn du welchen hast. Aber stell dich nie wieder vor meine Augen!«

Da krümmte sich Betonrohre hinter ihrem Rükken in eine Mulde und weinte bitterlich bis zum Abend, die Schnauze im Dreck. Es war ein leises, hohes, langgestrecktes Knurren.

Zehntes Kapitel

Wie die Fähe dem Fuchs zum ersten Mal im Traum erschien

In der Nacht aber legten sie sich um Belladonnas hellen Körper, denn sie wußten, er würde im Mondlicht wie ein Zeichen sein, an dem man sich verabreden konnte – wer weiß, welcher Traum sie versprengen würde! Die Angst, in dieser engen Dunkelheit allein zu sein, einte Wilde und Zahme. Sie blieben wach, bis der Mond kam und wieder ging. Dann schliefen sie ein und gaben sich Wärme. Belladonna profitierte am meisten davon. Sie hatte ja als einzige kein Fell, und der Murl bedeckte sie zur Hälfte.

Für den Fuchs aber war es, als käme der Mond in dieser Nacht ein zweites Mal. Und er war größer als beim ersten Mal, und inmitten seines weiten Kreises stand die Fähe und sagte: »Ich habe dich überall gesucht. Ich war zu Hause, aber dort warst du nicht. Wo treibst du dich denn herum!«

»Ich habe unseren alten Platz aufgesucht, wo wir uns gefunden haben«, sagte der Fuchs.

»Ja, ja«, sagte die Fähe, »das sehe ich. Und da bringst du einen Haufen Kumpane mit?«

»Es ging nicht anders.«

»Ja, ja. Wenigstens hast du mich nicht ganz vergessen.«

»Ich wollte, du hättest mich mit deiner Krankheit angesteckt, und ich wäre jetzt bei dir«, sagte der Fuchs.

Und sie sagte: »Dann laß dir etwas einfallen! Beeil dich mit dem Kommen, ich habe Sehnsucht nach dir!«

»Du weißt ja, wie lange es dauert, bis ein Fuchs stirbt«, sagte er. »Wir sind eine zähe Gattung, und wenn uns nicht die Krankheit erwischt, die dich erwischt hat, dann kann es lange dauern. Es gibt keinen geraden Weg, auf dem ich gleich zu dir kommen könnte. Du siehst ja, daß wir in einem Loch stecken, und wie geschützt man hier unten ist vor dem, was oben passiert.«

Und sie sagte: »Ihr werdet verhungern. Oder ist dir das nicht recht?«

»Mit dem Hungern ist es so«, sagte er, »mit dem Hungern findet man sich nicht ab. Das weißt du doch. Da denkt man bis zum letzten Augenblick, man erwischt noch etwas, und das hält einen stark bis zum Ende. Das ist ganz anders wie bei deiner Krankheit. Du hast ja gewußt, daß dir kein Bissen etwas nützen wird.«

»Das heißt also, du willst gar nicht verhungern?«

»Mit dem Hungern – auch das weißt du – ist es weiter so«, sagte der Fuchs, »daß unsere Gattung lange Zeit mit leerem Magen sein kann, und darum schreckt unsereinen der Hunger nicht so sehr, wenn er daherkommt. Ganz anders ist es bei den anderen hier, die werden verrückt dabei.«

Die Fähe senkte den Kopf zur Grube hinab, und ihre Augen funkelten, weil das Mondlicht hineinfiel, und ihre Zähne waren scharfe Schatten. »Ewig kann auch dein Magen nicht leer sein«, sagte sie. »Was soll das Ganze! Willst du ohne Fleisch zu Tanze gehen oder was?«

»Ich werde einfach zulassen, was mit mir geschieht«, sagte der Fuchs. »Ich glaube, das wird genügen.«

»Mir genügt das aber nicht«, sagte die Fähe. »Ich will sehen, daß auch du Sehnsucht hast.«

»Ich habe große Sehnsucht«, sagte der Fuchs und empfand Abscheu, seiner Fähe in die Augen zu schauen, denn nichts weniger als Sehnsucht konnte er darin sehen, und nichts mehr als Befehl und Ungeduld und Berechnung, und er hätte nicht geglaubt, daß sie es wirklich war, wenn er nicht gewußt hätte, daß sie es war; aber es war ja alles nur ein Traum, und so gering hatte er Träume stets geachtet, daß er sich nicht einmal im Traum zugestand, mit einem Traum zu hadern. »Wie soll ich es denn anders machen, daß ich sterbe«, fragte er bescheiden. »Wenn es ums Leben geht, dann habe ich

Einfälle, der Fuchs kann mit wenig auskommen und mit allem, was da ist, und in der Not bin ich ein guter Mörder, und hier unten ist Fleisch genug. Zu leben ist leichter als zu sterben, sogar hier unten.«

»Friß nichts«, fauchte sie.

»Gut, wenn du willst«, sagte der Fuchs. »Aber es gibt ja ohnehin nichts zu fressen.«

»Das ist ein Irrtum«, sagte die Fähe, »schau dich doch um!«

Das Umschauen machte, daß der Fuchs erwachte. Die Fähe verschwand und mit ihr der Mond, und es war finster unten im Loch; aber so finster war es wieder nicht, daß der Fuchs nicht genau sah, was er sah: Er sah den Murl über Belladonna stehen, mit seinen Pranken ausholen und ihr das Genick zertrümmern – so fachgerecht, daß die Ohren allein dem Fuchs nicht viel gesagt hätten. Belladonnas Körper streckte sich, und ein letztes Mal traten die Beine. Dann war es aus.

Gleich schlug ihr der Murl sein Maul in den Hals und fraß ihr das Weiche und das Blut heraus und biß ihr den Rüssel und den Rest des Gesichtes ab, bis er endlich satt war.

Der Fuchs tauchte seinen Kopf in Betonrohres Fell und atmete leise, um ihn nicht zu wecken.

Elftes Kapitel

Wie Belladonnas Mörder überführt wurde

Die Sonne stand noch niedrig und beschien erst die Grasbüschel, die über den Rand der Grube wuchsen, da weckte der Murl die anderen. Patzen Erde schlug er mit den Pranken von den Wänden und rieb sich damit das Fell ein und erhob sich zweimeterlang und ließ sich fallen, und das immer wieder. Es war ein gewaltiges Jammern, das er da aufzog.

»Die Herrin ist ermordet worden!« brüllte er. »Was für eine Katastrophe! Unser Traum ist dahin! Wer das getan hat!«

Mit einem Satz war Betonrohre auf den Beinen und warf dabei den Fuchs ab, dessen Kopf auf seinem Fell gelegen hatte. Und schüttelte und drehte sich. Es ist Art des Hundes, daß er eine Zeit braucht, um dahinterzukommen, wenn die Welt untergegangen ist. Aber kein tröstender Zweifel war mehr möglich: Anstelle von Belladonnas Gesicht krausten sich ausgeweidete Fetzen und Flocken geronnenen Blutes. Der Meine leckte bereits daran.

»Ach!« stöhnte Betonrohre, und pflichtbewußt stürzte er sich auf den Meinen, denn ein Knecht ist ein Knecht noch ein Stück weit über den Tod seines Herrn hinaus. »Er wars! Ihr seht es doch! Er ist es immer noch!«

»Was bin ich«, fragte der Meine.

Es war ihm ein Leichtes, den mageren Hund abzuschleudern, der nun obendrein um eine ganze Welt weniger Gewicht hatte. Betonrohre landete im Dreck und winselte: »Warum hast du das getan?«

»Ja, warum hast du das getan«, nahm der Murl dieselbe Melodie auf, nur fetter im Ton, und packte den Meinen an der Kehle. Aber er packte ihn nicht fest, und der Meine wußte, daß der Murl hätte fester packen können, und er schüttelte sein Fell und stand wieder.

»Was habe ich getan«, fragte er.

»Meine Güte, siehst du es denn nicht!« piepste Rippentropf und roch am Blut und zuckte mit der Nase. »Kann es sein, daß er wirklich so dumm ist? Es kann doch nicht sein, daß er wirklich so dumm ist!«

Da fuhr sich der Murl mit der Tatze an die Stirn: »Der Hase hat recht! Wir wissen doch nur zu gut, daß der Wolf nicht dumm ist! Er hat das beste Gedächtnis von allen! Das hat mit Gescheitheit zu tun, oder nicht? Dann kann er aber nicht so dumm sein und fragen, was er getan haben soll, wenn wir alle sehen, was er getan hat – außer, er hat es wirklich nicht getan!«

»Eben«, sagte der Meine und leckte weiter Belladonnas Blut.

»Also kann es der Wolf nicht gewesen sein«, sagte der Murl und tat ratlos. »Das seht ihr doch ein? Seht ihr das ein? Sagt, seht ihr das ein?«

Der Fuchs, der die ganze Zeit still geblieben war aus gutem Grund, nickte jetzt und bellte dazu und benahm sich hündischer als ein Hund, dessen Herr lebendig vor ihm steht. Der Murl hatte nämlich zu ihm hin gesprochen und zwar nur zu ihm hin, und der Fuchs war vorsichtig. Wußte er denn, ob der Murl in der Nacht nicht vielleicht doch seine offenen Augen gesehen hatte, so wie er, der Fuchs, das offene Maul des Bären gesehen hatte?

Aber der Murl war nicht zufrieden mit Nicken und Bellen: »Habe ich vielleicht nicht recht«, fragte er – und er fragte wieder nur den Fuchs. »Bitte, Brüder, sagt mir in dieser traurigsten aller traurigen Morgenstunden, ob ich mich vielleicht irre!«

»Nein«, sagte der Fuchs, »du irrst nicht.«

»Worin irre ich nicht«, fragte der Murl, und es war jetzt schon Schärfe dabei.

»Du glaubst nicht, daß es der Meine war, der das Schwein erschlagen hat«, sagte der Fuchs. »Und ich glaube es auch nicht. Also glaube ich nicht, daß du dich irrst.«

»Der Fuchs glaubt also, daß ich mich nicht irre«, stellte der Murl fest. Und dann jammerte er wieder los. »Oje, oje, dabei habe ich so gehofft, daß ich mich irre, habe so gehofft, daß alles nur ein Traum ist, ein böser, böser Traum! Aber der Fuchs sagt, daß es kein Traum ist. Der Fuchs sagt, daß unsere Herrin wirklich tot ist. Und wenn es der Fuchs sagt, dann glaube ich ihm. Und ihr solltet dem Fuchs auch glauben. Denn niemand kennt sich in der Nacht besser aus als der Fuchs. Der läßt sich von Träumen nicht narren, der nicht! Wem außer dem Fuchs sollten wir denn glauben, daß es kein Traum ist? Oje, oje, jeder weiß nun, daß es Tag ist und daß die Herrin tot ist, oje, oje, und niemand weiß, wer sie totgemacht hat!« Und dann knurrte er gefährlich: »Außer dem Fuchs, der weiß es vielleicht!«

Und Betonrohre knurrte ebenfalls – und der Fuchs merkte, daß es ein neues Knurren war, das dem Knurren des Bären glich –, und Rippentropf hüpfte auf Belladonnas Körper und näselte: »Genau! Damit prahlt der Fuchs ja, daß er nie schläft! Er muß also wissen, wers gewesen ist!«

Nur der Meine gab nichts dazu, er ließ sich nieder in der Nähe des Blutes und ruckte mit dem Kopf von einem zum anderen.

»Ich weiß nur, daß ich es nicht getan habe«, sagte der Fuchs.

»Das ist zu einfach, Freund«, feixte Rippentropf. »Das wird jeder sagen von euch Mördern. Hier sind meine Zähne!« Er zog die Lippen hoch. »Zeigt ihr die euren! Je größer die Eckzähne, desto größer die Lügen!«

»Aber doch nicht auf dem Rücken der Herrin tanzen!« sagte der Murl und hob Rippentropf hoch. »Abgesehen davon hat der Hase schon wieder recht«, und er streichelte ihn. »Wir müssen es genau untersuchen. Das meinst du doch, Hase?«

»Gilt nicht mehr der Name, den mir die Herrin gegeben hat«, fragte Rippentropf. »Warum nennst du mich Hase? Und laß mich los, du stinkst aus deinem Maul!«

Aber der Murl ließ ihn nicht los, er streichelte ihn beharrlich weiter. »Glaubt mir, Brüder«, sagte er, »es fällt mir furchtbar schwer nachzudenken, weil der Schmerz so laut in mir braust. Aber wir müssen den Mörder unserer Herrin entlarven. Das sind wir ihr schuldig. Erst dann dürfen wir sie auffressen. Ich würde sogar sagen, das ist ein neues Gesetz.« – Der Meine spitzte die Ohren. – »Die Herrin darf erst aufgefressen werden, wenn ihr Mörder entlarvt ist«, verkündete der Murl. »So soll das neue Gesetz lauten.«

»Ich will ihr Herz haben«, winselte Betonrohre. »Es steht mir zu, ich war ihr Führer. Jetzt bin ich der Kläger.« Und er klagte, und man hörte ihm zu bis ans Ende.

Er klagte ja nicht lange. Sein Schmerz fand schnell den Ausgang, und es war, wie es immer gewesen war, wenn er einen Herrn verloren hatte: er fand einen neuen. Der war groß und hatte ein dunkles Fell und trug einen Hasen im Arm.

Als sein Klagen heraus war, sagte er zum Murl: »Wir kennen uns nicht mehr aus. Du bist so stattlich und klar, wenn du vielleicht ...«

»So großes Vertrauen hast du in mich«, fragte der Murl.

»Ja, das habe ich, ja das habe ich«, sagte Betonrohre, und es erhöhte ihn vor sich selbst.

»Dann habe auch ich Vertrauen in dich«, sagte der Murl. »So viel Vertrauen habe ich in dich, daß ich dich von heute an ›Vertrauen‹ nennen will.« Und dann wandte er sich an alle. »Ich wurde beauftragt«, sagte er, »die Untersuchung zu leiten. Ich nehme das sehr ernst und werde es tun.«

»Aber erst will ich, daß du stinkendes Vieh mich herunterläßt«, rief Rippentropf.

»Nein«, sagte der Murl würdevoll, »ich bin der Stärkste, und ein Mörder ist unter uns, und ich muß dich beschützen.« Und er streichelte Rippentropf, bis dem die Haare am Buckel ausgingen.

»Wir sind zu fünft«, fuhr er fort. »Der Meine kann der Mörder nicht gewesen sein, das haben Fuchs und Hase nachgewiesen ...«

»Oho«, rief Rippentropf.

»... bleiben also nur noch ich, der Fuchs, der Hase und Vertrauen.«

»Ich war es nicht«, sagte Betonrohre, der nun Vertrauen hieß.

»Ich glaube ihm«, sagte der Murl. »Also bleiben nur noch ich, der Hase und der Fuchs.«

Es war kein Wunder, daß alle den Fuchs ansahen. »Was geschieht mit dem, der das Schwein erschlagen hat«, fragte der Fuchs schnell.

»Wird auch erschlagen«, bellte der Meine.

»Wird auch erschlagen«, sagte der Murl.

»Von wem«, fragte der Fuchs.

Rippentropf, dem es nun doch gefiel, von so hoch oben herab zu sprechen, sagte: »Von mir zum Beispiel.«

»Wir Füchse sind sehr klein«, antwortete ihm der Fuchs, »aber jetzt, da du über mir thronst und einen Bären als Sockel hast, schäme ich mich für meine Gattung. Daß einer wie du, mit so zarten Eckzähnen, so hoch hinaufkommt, höher als einer wie ich, der damit prahlt, daß er nie schläft und alles sieht, was in der Nacht geschieht...«

»Gesetzt den Fall«, unterbrach ihn der Murl schnell. »Gesetzt den Fall, der Fuchs wars nicht...«

»Oh ja, machen wir ein Spiel mit ihm, wie er es sonst mit unsereinem macht«, rief Rippentropf.

Der Murl sprach weiter, ruhig und ohne den Fuchs aus den Augen zu lassen, und hörte mit dem Streicheln nicht auf: »Dann bleiben nur noch der Hase und ich. Wer von uns beiden, denkst du, Fuchs, hat das Schwein erschlagen?«

»Sag, der Hase wars«, kicherte Rippentropf.

»Ja«, sagte der Fuchs, »der Hase wars. Ich habe es gesehen.«

»Was«, rief der Murl, »der Hase hat das Schwein erschlagen?«

»Jetzt wirst du gleich sterben, Fuchs«, neckte Rippentropf.

Es war sein Letztes. Denn der Murl brach ihm das Genick. Nur eine kleine Bewegung war nötig dazu – als zünde er ein Streichholz an.

Zwölftes Kapitel

Wie ein neuer Wind wehte

Nicht, daß der Hund seine alte Geschichte als Betonrohre mit seinem neuen Anfang als Vertrauen verglich! Gar nicht nötig, zu vergleichen! Es war ja offenkundig, wo der Himmel war und wo das Elend gewesen ist! Kaum ein neuer Herr, schon ein voller Bauch! Er hatte um das Herz des Schweines gebeten und das Herz des Schweines bekommen! Und nichts war ihm angerechnet worden, als sich herausstellte, wie fein im Vergleich zum Herzen die Schinken waren! Der Herr selbst hatte ihn aufgefordert: »Laß das Herz! Nimm den Schinken!« Schon der Ton war ganz anders! Kein Wort, das am Schluß nicht lauter war als am Anfang! Man hat gefressen bis zum Kotzen und sich in der Kotze gewälzt! Warum denn auch nicht! Wie die Hyänen! Die Kameraden! Ein Hund, ein Wolf, ein Bär!

Der Murl hatte es schon bemerkt; die anderen beiden nicht: daß sich der Fuchs beim Fressen abgeseilt hatte. Der Meine bemerkte es nicht, weil es ihm wurscht war; Vertrauen, weil er so begeistert war von dem Neuen. Aber dem Murl war es aufgefallen.

»Was gibts«, fragte er. »Ist doch klar, daß du auch Hunger hast! Also?«

»Ich bin eben ein Komplizierter«, sagte der Fuchs. »Ich denke um viele Ecken herum und brauche meine Zeit.«

»Was denkst du denn? Na, sag schon!«

»Erst wollte ich nicht Mitglied eurer Mannschaft werden, denke ich, und dann will ich doch mit der Mannschaft fressen, ohne etwas dafür getan zu haben – wäre das recht? – Das denke ich ...«

»Mir wärs recht, wenn du mit uns frißt.«

»Und dann denke ich, da habe ich ihm einen Gefallen getan, und dann fresse ich, und ich denke: Müßte er nicht denken, ich hätte ihm den Gefallen nur getan, um dann zu fressen? – Das denke ich ...«

»Wem hast du einen Gefallen getan«, fragte der Murl.

»Ach, außerdem ist mein Hunger gar nicht so wild«, sagte der Fuchs.

»Du denkst, du hättest mir einen Gefallen getan, weil du mich in der Nacht gesehen und am Tag nicht verraten hast?«

»Ach, vergiß es«, sagte der Fuchs.

»Ich geb ja zu, daß ich das Schwein umgebracht habe«, sagte der Murl. »Aber ich habs getan, weil ich dachte, ich tu euch damit einen Gefallen. So einen Hunger hält ja keiner aus ...«

»Ach so«, sagte der Fuchs, »ja dann...« und er hätte alles fahren lassen und sich über die Reste von Schinken und Huft hergemacht, wenn das Geständnis des Murl ein Geheimnis geblieben wäre zwischen ihnen beiden; aber der Murl – im Gegenteil – wandte sich an den Meinen und an Vertrauen und rief: »He ihr! Was wars von mir, als ich das Schwein gekillt habe, ha?«

»Ein Meisterschlag«, rief Vertrauen.

»Exakt das«, sagte der Meine.

Da überlegte es sich der Fuchs und ließ Huft und Schinken auf dem Haufen. »Ich habe einen schwachen Magen«, sagte er. »Ich möchte lieber bis morgen zusehen.«

»Wie du willst«, sagte der Murl.

Sie machten sich wieder über das Fleisch her und gaben sichs lustig, und der Fuchs schaute zu. Aber vor Hunger konnte er nicht ruhig stehen, seine Füße tänzelten zu ihnen hinüber, und er mußte sie immer wieder zwingen, umzukehren, und so sah es aus, als drehte er sich im Halbkreis, und sein Schwanz blähte sich auf und empörte sich gegen diesen Trotz, und der Fuchs als Ganzer hatte reichlich mit sich zu tun.

»Habt ihr euch denn schon damit abgefunden, daß wir hier in dieser Grube eingesperrt sind«, fragte er später Vertrauen unter vier Augen.

»Was heißt denn abgefunden«, sagte Vertrauen darauf. »Gibt es etwas Besseres? Wo findest du so einen geraden langen Weg, in dem es nur ein Hindernis gibt, nämlich diesen Fleischberg hier!«

»Ich weiß nicht recht, ich weiß nicht recht«, klagte der Fuchs. »Dieser Fleischberg ... erinnert er dich nicht an etwas?«

»Hör auf deine Augen und deine Beine und deinen Schwanz«, sagte Vertrauen. »Denen seh ich doch an, wie es sie zu uns herüber drängt!«

»Ich weiß nicht recht, ich weiß nicht recht.«

In der Nacht aber, als die anderen schliefen, wartete der Fuchs auf den Mond und seine Fähe; und als beide nicht kamen, schlich er sich an den Schweinshaufen heran und zog heraus, was die anderen sicher übrig lassen würden, nämlich die Gedärme. Ein wenig fraß er davon, nicht viel, sie schmeckten ihm nicht. Dann zog er auch aus dem Rest des Hasen die Gedärme und fraß auch von ihnen ein wenig. Und schließlich zerrte er die Därme vom Schwein und vom Hasen auf seinen Platz, verscharrte sie und legte sich darüber.

Dreizehntes Kapitel

Wie der Meine gelegt wurde

Wo viel gefressen wird, dort besteht Bedarf nach einem Verdauungsspaziergang; und wo gehungert wird, dort halten die Füße ohnehin nicht still.

»Wir haben ja einen eigenen Weg«, sagte der Murl. »Obendrein einen, auf dem man sich nicht verlaufen kann!«

Der Murl marschierte voran, wer sonst. Vertrauen hätte um den Platz neben ihm gekämpft, aber es war nicht nötig; der Fuchs und der Meine ließen dem Hund gerne den Vortritt. Bescheiden sind beide nicht, also hatte es einen anderen Grund: Die Grube war schmal, und ein Bär ist breit, ein vollgefressener Bär erst recht. So wurde Vertrauen zwischen Bärenfett und Grubenwand eingeklemmt, von der einen Seite gedrückt und an der anderen Seite gerieben.

Der Wolf und der Fuchs dagegen, von Natur aus schlanke Tiere, waren sich nicht im Weg. Dem Fuchs war es durchaus recht, neben dem

Meinen hinterdrein zu gehen. Dem Meinen war es egal.

»Bist du mit dieser Welt hier unten zufrieden«, fragte der Fuchs, als sie eine Weile stumm nebeneinander hergegangen waren.

»Warum nicht«, sagte der Meine.

»Weil sie nur dünn und lang ist.«

»Na und!«

»Wir können nur vor und zurück gehen. Was hat das für einen Sinn?«

»Vor weiß ich nicht, aber zurück weiß ich. Weil hinter uns das Fressen liegt.«

So hatte der Fuchs das Gespräch begonnen. Es war schwer, mit dem Wolf zu sprechen, weil man nicht wußte, was in ihm vorging, und an seinem Gesicht nichts abzulesen war. Die einen sagten, das sei deshalb, weil eben nichts in ihm vorgehe, die anderen aber meinten, das sei, weil der Wolf so viel zu verbergen habe. Der Fuchs wollte es wissen. In seinen Hungernächten war ihm aufgegangen, daß er es irgendwann würde wissen müssen, und zwar bald. Denn wenn man frißt bis zum Kotzen, dann hat man vielleicht eine Menge im Magen gehabt; aber klar ist doch auch, daß erst weiter unten mit dem Hunger abgerechnet wird, nämlich in den Gedärmen. Und der Murl und der Meine und Vertrauen hatten halb so viel, wie sie gegessen hatten, wieder gekotzt, weil sie zu viel auf einmal gefressen hatten, und so waren Hase und Schwein zur Hälfte vergeudet worden, und es war nur noch wenig dran an ihnen.

Der Fuchs fuhr fort, indem er seufzte: »Erst waren wir zu sechst, jetzt sind wir zu viert.«

»Erst habe ich Hunger gehabt, jetzt habe ich keinen mehr«, antwortete der Meine.

»Eben weil wir erst zu sechst waren und jetzt zu viert sind.«

»Ich zähle nicht.«

»Kannst du nicht zählen?«

»Doch, aber ich tus nicht.«

»Aber die Gesetze«, sagte der Fuchs, »zählst du sie auch nicht?«

»Nein.«

»Du weißt nicht, wieviele Gesetze wir bereits haben?«

»Nein.«

»Aber du hast sie dir doch gemerkt.«

»Ja.«

»Und weißt du, was die Gesetze sagen?«

»Ich *kann* sie sagen, aber ich weiß nicht, *was* sie sagen.«

Dieses Gespräch vertrieb dem Fuchs auch ein wenig den Hunger. Denn immer war der Wolf für den Fuchs ein unerreichbares Vorbild gewesen, und er wäre ein Held unter den Füchsen, könnte er eines Tages erzählen, ich habe mit dem Wolf gesprochen und ich weiß jetzt, was in ihm vorgeht.

»Warum weißt du nicht, was die Gesetze sagen«,

fragte der Fuchs weiter. »Verstehst du sie nicht?«

»Sie interessieren mich nicht.«

»Und warum nicht?«

»Weil ich mich nicht an sie halte.«

»Gibt es kein Gesetz, an das du dich hältst?«

»Doch, eines.«

»Willst du es mir sagen?«

»Daß ich überleben muß.«

Es war für den Fuchs ein aufregendes Gespräch. Wie leid tat es ihm wieder, daß seine Fähe nicht bei ihm war! Keinem anderen hätte er lieber von dieser Sache berichtet, mit keinem anderen hätte er lieber diese Sache erörtert!

»Und was«, fragte er weiter, »wenn einer dein Gesetz brechen will?«

»Dann wird er es nicht leicht haben«, sagte der Meine.

War das Gespräch so aufregend für den Fuchs, daß er jetzt vergaß, es leise zu führen? Die Ohren des Bären mögen klein sein, aber sie hören doch, was sie hören wollen. Ja, das Gespräch war aufregend für den Fuchs, und zwar besonders, weil es für die Ohren des Murl bestimmt war. Der Fuchs hatte nämlich nicht vergessen, leise zu sprechen. Er wollte, daß der Murl hörte, was der Meine sagte. Und so vorsichtig der Fuchs von Natur aus war, in seinen Hungernächten war ihm aufgegangen, daß er bald etwas riskieren mußte, wenn er nicht der Nächste sein wollte.

»Ich glaube dir«, sagte er, »wer dein Gesetz brechen will, der wird es gewiß nicht leicht haben.«

»Warum interessierst du dich so für mein Gesetz«, wollte der Meine jetzt wissen.

»Ich doch nicht«, sagte der Fuchs. »Ich bin ein krankes Tier. Ich interessiere mich für solche Gesetze nicht mehr.« Es schmeichelte ihm aber, daß nun auch einmal der Meine ihm eine Frage gestellt hatte.

Und der Meine stellte gleich noch eine Frage: »Wen geht mein Gesetz etwas an, ha?«

Da blieb der Murl stehen und mit ihm Vertrauen. Der Fuchs duckte sich schnell und rutschte hinter den Meinen zurück.

Aber der Murl wandte nur den Kopf und sagte: »Wir sind weit genug gegangen! Machen wir kehrt! Jetzt geht ihr beide voran!«

Dann erst drehte er sich ganz um und brach Vertrauen dabei fast die Rippen. »Geh du hinter mir und laß gefälligst Abstand, du schnaufst mir zu laut!« schnauzte er.

Von nun an hing der Kopf des Bären niedrig, und in seinem Nacken war ein hoher Höcker. Das hieß Gefahr für alle.

Aber auch auf dem Rückweg ließ der Fuchs nicht locker: »Ja, ja«, seufzte er wieder, »wir waren zu sechst, und jetzt sind wir zu viert! Warum heißt du eigentlich der Meine?«

»Weil ich nur mir gehöre«, antwortete der Wolf.

»Es muß schön sein, wenn man nur sich selbst gehört.«

»Es ist nichts dabei.« Und weil der Fuchs schwieg, fragte der Meine: »Gehörst du nicht dir selbst?«

»Nein«, antwortete der Fuchs. »Ich gehöre meiner Fähe.«

»Ich sehe hier keine Fähe.«

»Ich habe sie in mir«, sagte der Fuchs, »deshalb gehöre ich ihr mehr, als wenn sie neben mir ginge.«

»Interessiert mich nicht«, sagte der Meine, »ich bin allein.«

Der Fuchs spürte den Atem des Murl im Nacken, und sein Herz klopfte unter dem Fell; aber seine Stimme blieb ruhig, als er den Meinen fragte: »Du bist ein guter Mörder, stimmts?«

»Kann sein.«

»Ich kenne niemanden, der dich nicht fürchtet oder bewundert.«

»Kann sein.«

»Ich fürchte und bewundere dich gleichermaßen.«

»Interessiert mich nicht.«

»Angenommen«, sagte der Fuchs und sprach nun noch deutlicher und noch lauter, »angenommen, ich wäre einer, der dein Gesetz brechen wollte ...«

»Du?«

»Ich weiß, ich bin nicht stark. Aber angenommen, ich wäre stärker, als ich bin, und stärker als du.«

»Mich interessiert nicht, wie stark derjenige ist, der mein Gesetz brechen will«, sagte der Meine, und seine Stimme war heiser geworden.

»Das glaube ich dir«, sagte der Fuchs. »Ganz gleich, wie stark ich wäre, wenn ich dein Gesetz brechen wollte, ich würde darauf achten, nicht allein mit dir zu sein.«

»Wie meinst du das«, knurrte der Meine und zog die Lippen schon über die Zähne.

Und so viel Angst der Fuchs auch hatte – vor dem Wolf neben sich und dem Bär hinter sich –, er mußte die Sache zu einem Ende führen: »Angenommen«, sagte er, »angenommen, ich wollte dich töten, dann würde ich nicht darauf warten, bis du und ich die letzten wären!«

Da wollte der Meine dem Fuchs ans Genick, aber er erwischte es nicht mehr. Denn die Pranke des Murl zerschlug ihm das Rückgrat knapp über dem Schwanz. Das lähmte den Meinen zur Hälfte.

»Danke, Fuchs«, dröhnte der Murl, »ich versprech dir dafür, daß ich *dich* bis zum Schluß aufhebe!«

Aber die vordere Hälfte des Meinen war noch da, um sein Gesetz zu verteidigen, und diese Hälfte bäumte sich ein letztes Mal auf, und ein letztes Mal schlugen die Krallen zu, und das kostete dem Murl ein Auge. Und schreiend nach Mutter und Großvater riß der Murl dem Meinen den Kopf ab.

Vierzehntes Kapitel

Wie der Hund seinen Herrn verlor und ihn wieder suchte

Und mit der Pranke fuhr der Murl in den Wolfskopf hinein, wühlte alles heraus, die Knochen stückweise, das Hirn und die Zunge, und zog sich das Gesicht des Meinen über wie einen Handschuh.

»Er soll sich selber fressen«, brüllte er, und dann hackte er mit den Wolfsfängen in den Wolfsleib. »Hier ein Brocken, hier ein Stück! Freßt! Freßt ihn auf!«

Aber der Fuchs und der Hund rührten das Fleisch nicht an, das er ihnen vor die Füße warf. Sie drängten sich aneinander und schauten zu, wie der Murl weinte und tobte.

»Alles sollt ihr haben«, weinte und tobte er. »Nur sein kaltes Herz behalte ich. Ich werde es auf mein totes Auge legen, weil es so brennt!« und schnappte mit dem Handschuh aus Wolfsgesicht nach dem Herz, und die Wolfszähne zerbissen die Adern, mit denen der Wolfsleib das Herz festhielt, und dabei heulte der Murl: »Niemand hat Mitleid mit mir, keiner von euch liebt mich wirklich! Ach, was habe ich mir aufgebürdet! Ihr wißt ja nicht, was es heißt, einen so großen Plan im Herzen zu tragen, daß man ihn vor niemandem ausbreiten kann, weil ihn keiner versteht! Einen Plan, der über alle Tiere hinauswächst und hinüberreicht in ferne Tage, die uns heute noch unvorstellbar sind! Aber keiner von euch hat sich um meinen Plan gekümmert! Ihr habt ihn auf meinem Herzen liegen lassen, als wär ich selbst kein Tier, das sich sorgt, das sich ängstigt, das zweifelt! Ach, wer hat mir nur diesen großen Plan aufs Herz gelegt! Warum gerade mir? Warum ich! Was denkt ihr denn, zu welchem Tanz ich euch geführt hätte! Dann hättet ihr mich freilich geliebt! Dann wäre es leicht für euch gewesen, mich zu lieben! Keiner von euch hätte mehr nach den Strapazen des Weges gefragt. Ihr hättet die Strapazen vergessen, es hätte sich nämlich herausgestellt, daß eure Mühen doch recht klein waren im Vergleich zu meinen Mühen. Meine Erschöpfung hättet ihr nicht einmal verstanden. Am Fell hättet ihr mich gezupft und gefragt: Was sitzt du da und schnaufst so schnell? Komm doch und tanz mit! Ich aber hätte nur gelächelt und gesagt: Fangt schon einmal an, Kinder, ich komme nach! Das hätte ich gesagt, und nun ist mein Plan gescheitert. Aber er ist nicht an mir gescheitert, sondern an euch, an eurer Ungeduld. Und das schmerzt mich um so mehr, weil ich euch nämlich noch immer liebe. Und ich liebe euch

mehr als mich selbst.« Und er streckte die Pranke mit dem Wolfskopf nach dem Fuchs und dem Hund aus, und aus dem Wolfsmaul hing das Wolfsherz, und die trüben Wolfsaugen starrten sie an. »Laßt mich leiden! Laßt mich leiden! Geht! Laßt mich allein leiden!«

Da gingen der Fuchs und der Hund weiter den Graben entlang, bis sie zu den Resten von Schwein und Hase gelangten.

»Ich bin nicht mehr sein Vertrauen«, sagte der Hund. »Ich habe meinen Herrn im Stich gelassen. Ein Hund, der das tut, ist niemand mehr. Ich bin niemand mehr.«

Trübsinnig fraß er ein paar Happen, und dem Fuchs sackten die Läufe ein vor Hunger.

»Warum frißt du gerade jetzt«, rief er.

Und der Hund sagte: »Was tu ich? Ach ja, ich fresse. Ich habe es gar nicht bemerkt. Was soll ich denn sonst tun?«

»Man kann dieses Fleisch nicht mehr fressen«, sagte der Fuchs. »Es ist verdorben!«

»Ach, weißt du«, sagte der Hund, »für mich spielt das keine Rolle mehr. Wenn es eine Strafe ist, verdorbenes Fleisch zu fressen, dann will ich es gerne tun.« Und er fraß weiter.

Es war ein Kampf für den Fuchs, und er unterlag und kroch hin zum Hund und fraß auch ein wenig. Aber er kaute nicht, sondern schluckte nur, damit er das Fleisch nicht schmecken mußte.

»So«, sagte der Hund, als er satt war, »jetzt werde ich zu meinem Herrn gehen und ihn bitten, mich zu erschlagen.«

»Tu das nicht«, flüsterte der Fuchs. »Dann bin ich ganz allein mit ihm und der Letzte.«

»Aber nein«, sagte der Hund, »du verstehst das nicht. Ich muß es tun. Ich kann sonst nicht weiterleben mit meinem schlechten Gewissen.«

»Was redest du da! Wenn er dich erschlägt, wirst du auf keinen Fall weiterleben!«

»Du verstehst das nicht«, sagte der Hund, und unter seinen traurigen Augen zeigte das Maul so viel hingebungsvolle Fröhlichkeit, daß dem Fuchs das Keckern in die Kehle stieg. »Nein, du verstehst es nicht. Er wird mich nicht erschlagen, wenn ich ihn darum bitte. Er wird wieder gut sein mit mir. Es ist ein Opfer, verstehst du das?«

»Nein«, sagte der Fuchs, »ich verstehe es nicht. Aber er wird es auch nicht verstehen.«

»Doch, er wird es verstehen. Du weißt nicht, wie süß es ist, einen Herrn zu haben, und wie süß es ist, ein Herr zu sein. Er weiß das, und darum wird er es verstehen und mich nicht erschlagen.«

»Ich gebe zu«, sagte der Fuchs, »ich achte dich nicht sehr, und deinesgleichen habe ich immer für einen Witz gehalten. Aber ich bitte dich, laß mich nicht allein, geh nicht zu ihm zurück. Ich kann dein Freund sein!«

»Ich brauch keinen Freund«, sagte der Hund. »Ich brauche einen Herrn. Willst du mein Herr sein?«

»Nein«, sagte der Fuchs.

Da verließ ihn der Hund und tappte durch den Graben dorthin, wo der Murl war und sich das Herz des Wolfs auf sein totes Auge drückte.

Fünfzehntes Kapitel

Wie der Murl von seinem Großvater erzählte, der ein Ziel hatte und hoch hinaus wollte

Der Fuchs lag auf seinem Platz, unter den er die Gedärme von Schwein und Hase gebettet hatte, und wartete, den Kopf auf den Pfoten. Er wartete auf das Ende der Schlange, als welche der Hunger in ihn hineinkroch.

Es war Abend, und der Himmel über der Grube war dunkelblau, da schwankte der Murl daher. Der Fuchs hörte ihn eine Melodie brummen und dachte, viel wird er nicht von mir haben, und er soll noch weniger von mir kriegen und mehr von der Schlange in meinem Bauch. Ich will ihn hinhalten, bis der Mond kommt, vielleicht bringt der Mond wieder meine Fähe mit, und ich kann ihr gleich folgen und muß sie drüben nicht erst lange suchen.

»Mein Freund«, rief der Murl, »was habe ich eben köstlich gespeist! In meinem Alter bekommt einem das viele Fett ohnehin nicht mehr. Da lobe ich mir ein hartes, trockenes Hundestück. Es war leider nicht viel dran, sonst hätte ich dir etwas abgegeben!«

»Ich habe mir schon Sorgen um dich gemacht«, sagte der Fuchs.

»Um mich hast du dir Sorgen gemacht«, lachte der Murl. »Laß dich anschauen!« Sein totes Auge war mit Herzblut zugeklebt, aber das lebendige hatte das Feuer von zweien. Er beugte sich über den Fuchs und drückte mit der Pranke seinen Pelz. »Da ist aber nicht viel drunter«, sagte er. »Warum frißt du denn nicht? Es ist doch noch welches da.«

»Ich bin krank«, sagte der Fuchs.

»Du bist krank und machst dir um mich Sorgen?«

»Als ich dich zum letzten Mal sah«, sagte der Fuchs, »da hast du geweint und deinen großen Plan beklagt, und da dachte ich, es ist sicher schlimmer, einen großen Plan zu verlieren als ein Auge, vielleicht sogar als das Leben, und da wünschte ich, ich würde dich noch einmal sehen und könnte dich nach deinem Plan fragen.«

»Ja«, sagte der Murl, »ich habe mir auch gewünscht, dich noch einmal zu sehen...«

»Und ich hoffte«, unterbrach ihn der Fuchs eilig, »du würdest mir, wenn wir uns wiedersehen, von deinem Plan erzählen, weil ich den Eindruck hatte, du weinst am meisten deshalb, weil sich keiner für deinen großen Plan interessiert hat.«

»Na ja«, sagte der Murl, »mir hat das Auge halt weh getan, und wenn der Schmerz groß ist, dann sind auch die Pläne groß. Vergiß das mit diesem großen Plan! Das gibt nichts her.« Und er drückte wieder am Fuchs herum. »Komm jetzt, los, iß etwas! Ich hab das Schwein ja nicht für die Maden geschlachtet, und viel ist nicht mehr übrig davon!«

»Vielleicht später«, sagte der Fuchs und sprach gleich weiter. »Da bin ich ja beruhigt, daß dich dein großer Plan nicht quält.«

»Was einen quält, das soll man vertreiben«, sagte der Murl. »Weißt du, wie schön man mit einem Schweinehirn spielen kann? Werfen wir es in die Luft und tun so, als wärs eine Wolke. Das macht Freude und Appetit!«

»Es ist ja nicht so, daß ich Spaß und Spiel nicht mag«, sagte der Fuchs. »Aber ich bin ein dummes Tier und will immer etwas wissen. Und was mich quält, das krieg ich nur mit Fragen los. Und etwas macht mir doch noch Sorgen.«

»Was denn, was denn«, brummte der Murl und schob seinen Kopf vor, wie es Bären tun, wenn sie sich um ihre Jungen kümmern. »Was macht meinem kleinen Fuchs denn noch Sorgen, ha?«

Der Fuchs blickte in das tote Auge des Murl, denn vor dem lebendigen graute ihm, und er sagte: »Als dir der Wolf das Auge ausgeschlagen hat, da hast du nach deiner Mutter gerufen und nach deinem Großvater.«

»Hab ich das? Das weiß ich gar nicht.«

»Doch das hast du, und das macht mir Sorgen.«

Der Murl tappte zum Schweinekadaver und

pflückte die letzten Reste von den Rippen. »Das ist sehr aufmerksam von dir«, sagte er kauend, »daß dir das aufgefallen ist, daß du dir dabei etwas gedacht hast.«

»Jaja«, sagte der Fuchs schnell, »ich habe mir gedacht, er muß eine ganz besondere Mutter gehabt haben, die ihn ganz besonders geliebt hat, und einen ganz besonderen Großvater dazu.«

»Ach, meine Mutter«, sagte der Murl und seine Stimme klang durch das Schmatzen hindurch traurig, »sie war keine besondere Mutter, nein, und sie liebte mich auch nicht besonders. Es bringt nicht viel, über sie zu sprechen.«

»Aber der Großvater vielleicht«, rief der Fuchs mit Fistelstimme. Der Himmel war schwarz geworden, und lange würde es nicht mehr dauern, bis der Mond über der Grube erschien. »Warum ruft ein so mächtiges, schönes, talentiertes Tier wie du im Schmerz nach seinem Großvater!«

»Das weiß ich nicht«, brummelte der Murl. »Im Schmerz ruft man nach allem möglichen.«

»Das kann ich nicht glauben«, widersprach der Fuchs, »es war so viel Würde und Stolz in deinem Schmerz, daß ich das ganze Geschlecht der Füchse für einen Zipfel davon hergegeben hätte. Wir Füchse haben ja keine Vergangenheit, die sich zu beschwören lohnt, und keine Zukunft, die einen Plan wert wäre. Wir leben nur in der Gegenwart, und die pflanzt sich fort von einem Bellen zum nächsten. Erzähl mir von deinem Großvater, damit ich, so nahe dem Tod, wenigstens den Hauch eines so großen Geschlechts zu spüren bekomme!«

Der Murl knurrte gemütlich, weil er so etwas gerne hörte und genug Zeit hatte, um sich schmeicheln zu lassen, und sogar eine Zukunft hatte er, wie ihm eben bescheinigt worden war, und ein Reich hatte er dazu, ein langes, dünnes Reich, aus dem es für einen Fuchs kein Entkommen gab. »Wenn du wirklich willst, daß ich dir von meinem Großvater erzähle«, schmunzelte er. »Aber viel wird es nicht sein. Mein Großvater hatte ein Ziel und wollte hoch hinaus. Als ich ein kleiner Bär war, hat er mir von nichts anderem erzählt als von dem Honigland, wohin er mich eines Tages führen würde. Und als ich dann älter war, wurde ich ungeduldig und sagte zu ihm: Wann willst du mich endlich in dieses Honigland führen? Da sah der Großvater, daß es mir ernst war und sagte: Das will ich gleich tun, aber vorher sollst du noch erkennen, was ich für ein Bär bin. Schau diese Tanne an! Soweit hinauf, wie ihr Stamm zerkratzt ist, sind schon andere Bären geklettert, ich aber werde jetzt bis in den Wipfel steigen! Dann kletterte mein Großvater auf die Tanne, und soweit sie zerkratzt war, ging es wie nichts, aber als er höher stieg, schwankte der Baum, und er schwankte immer mehr, je höher mein Großvater stieg. Er schlug die Krallen in die Rinde, und seine Tatzen bluteten schon, und es war eine langsame, mühsame Sache. Jetzt kam auch noch ein Wintersturm dazu, und mein Großvater mußte sich mit aller Kraft an die dünnen Zweige klammern, um nicht herunterzufallen. Und als der Sturm vorbei war, wars auch mit der Kraft vorbei, obendrein hatte er seine Krallen vor Angst so tief in den Stamm gebohrt, daß er sie nicht mehr herausbrachte. Da fühlte er, wie sein Leben dahinging, und rief von seiner Höhe zu mir herab: Meine große Tat ist mein Tod! Ich kann dich jetzt leider nicht mehr ins Honigland führen, aber du siehst und kannst bezeugen, daß ich auf dieser Tanne hier als der allerhöchste Bär verreckt bin!«

Der Murl lachte und schlug sich auf den Bauch, und der Fuchs lauschte, ob das Lachen und das Bauchschlagen näher kamen, denn inzwischen war es stockdunkel geworden, und der Mond war noch nicht da. Aber das Lachen und das Bauchschlagen kamen nicht näher.

»Ich werde dich bis morgen aufsparen«, sagte der Murl, »als Dank dafür, daß du mich an diese alte Geschichte erinnert hast. Denn man soll ja nicht nur fressen und saufen, man soll auch lachen. Für ein Spiel mit dem Schweinehirn ist es jetzt leider schon zu dunkel. Ich werde es morgen für mich allein in die Luft werfen und so tun, als ob es eine Wolke wäre. Das macht zwar nicht so viel Freude, als wenn man es zu zweit spielt. Aber was solls! Es ist ein Spiel für einen vollen Magen, und morgen werde ich wieder Hunger haben und morgen, das weißt du, morgen werde ich dich fressen.«

Der Murl lachte sich in den Schlaf, und als der Mond über den Rand der Grube kroch, schnarchte er bereits.

Sechzehntes Kapitel

Wie die Fähe dem Fuchs zum zweiten Mal im Traum erschien und der Murl ewig leben wollte

Als der Mond gegangen war, kam er bald darauf wieder und war größer als zuvor, und in seinem Kreis stand die Fähe.

»Erzähl mir nichts«, sagte sie zum Fuchs, »ich weiß alles.«

»Was weißt du«, fragte der Fuchs.

»Frag nicht, du weißt, was ich meine.«

»Nein, ich weiß es wirklich nicht«, sagte der Fuchs. »Ich weiß nur, daß du früher anders zu mir warst.«

»Das ist ein Thema, über das ein Toter mit einem Lebenden nicht reden kann.«

»Ist es denn so furchtbar dort drüben?«

»Wenn man allein ist, ist es furchtbar. Hättest du nichts gefressen, wie du mir versprochen hast, dann wäre es besser. Jetzt weiß ich, daß du eben doch keine Sehnsucht nach mir hast.«

»Aber es war doch nur ganz wenig, was ich gefressen habe!«

»Es hat genügt, damit du nicht verhungert bist.«

»Es war keine Absicht, ich bin nur einen Augenblick schwach geworden.«

»Ach, lüg doch nicht! Du hast dir sogar einen Vorrat zurechtgelegt. Glaubst du, ich weiß nicht, worauf du sitzt? Friß doch die Gedärme vom Schwein und vom Hasen! Jetzt brauchst du dich nicht mehr zurückzuhalten! Friß dich satt. Zum letzten Mal in deinem Leben!«

»Morgen komme ich ganz bestimmt, das ist beschlossen«, sagte der Fuchs noch. Aber seine Fähe war schon verschwunden, und rundherum war Nacht, und in das schwache Licht der Sterne hinein fragte er: »Wo kann ich dich drüben finden?«

Dann wachte er auf, und der Traum war schnell abgeschüttelt. Denn der Fuchs sagte sich: Was bleibt von diesem Traum, meine Fähe ists nicht gewesen, denn es gibt sie nicht mehr; aber ich will diesmal doch tun, was sie gesagt hat. Er scharrte die Gedärme unter sich aus und begann zu fressen, und diesmal schmeckten sie ihm, und er ließ alle Vorsicht fahren und schmatzte und knurrte dazu vor Vergnügen und verjagte mit lautem Rülpsen die Schlange Hunger aus seinem Bauch.

Davon erwachte der Murl. »Hör ich recht«, fragte er, »du frißt?«

Aber der Fuchs gab ihm keine Antwort. Er zog weiter die Därme unter sich hervor und schmatzte und knurrte vor Vergnügen und rülpste.

Da erhob sich der Murl und blickte um sich, aber er sah, daß der Fuchs nicht am Aas war. »Was frißt du da! Gib mir Antwort, sonst hau ich dich um und schluck dich hinunter in einem!«

»Das kannst du natürlich tun«, sagte der Fuchs, »aber ich will es dir nicht raten. Meine Fähe war bei mir, als du geschlafen hast. Der Mond hat sie hergebracht, und sie hat sich zu mir gelegt, und wir haben uns das Maul abgeleckt, und sie hat mich angesteckt. Du mußt nämlich wissen, meine Fähe ist gestorben an der Krankheit, die nur drei Tage dauert bis zum Tod, und wenn du mich frißt, dann wirst du dich an meinem Fleisch anstecken und in drei Tagen verrecken, schlimmer als dein Großvater auf der Tanne.«

Der Murl betrachtete den Fuchs und sah, daß er Gedärme unter sich hervorholte und sie fraß. »Dann gib mir wenigstens etwas ab von dem, was du da frißt«, sagte er. »Und wenn du es nicht freiwillig tust, dann nehme ich es dir!«

»Auch das will ich dir nicht raten«, sagte der Fuchs. »Es sind nämlich meine eigenen Därme, die ich fresse, und wenn man die Krankheit einmal hat, dann sitzt sie überall, auch in den Gedärmen.«

»Das hat man doch noch nie gesehen, daß einer seine eigenen Därme frißt«, rief der Murl. »Wie soll denn das gehen?«

»Das geht schon«, sagte der Fuchs, »man muß sich nur den Bauch aufreißen.«

»Sich selber den Bauch aufreißen!«

»Es tut nicht so sehr weh, wie wenn es ein anderer tut. Dann aber ißt man das Beste, was es gibt. Denn was soll es besseres geben als das Eigene? Außerdem braucht man dann nie wieder Hunger zu leiden, denn so lange man bei sich selber ist, hat man immer zu fressen, und wenn man aufpaßt, daß einem nichts auf den Kopf fällt, dann lebt man ewig.«

»Und woher weißt du das«, fragte der Murl.

»Meine Fähe hat es mir verraten«, sagte der Fuchs. »Bci uns weiß das keiner; aber dort, von wo meine Fähe mit dem Mond herkam, dort weiß es jeder. Darum leben die dort drüben auch ewig, und wir hier müssen sterben.«

Und der Fuchs schmatzte und brummte vor Vergnügen und rülpste, so daß dem Murl das Wasser im Maul zusammenlief, und er nicht mehr ruhig zusehen konnte. »Und du sagst, es tut nicht weh?«

»Es tut schon weh, aber nur am Anfang.«

»Und tut es sehr weh?«

»Ein bißchen tut es sehr weh, aber nur am Anfang. Das ist der Preis fürs ewige Leben.«

»Also gut«, sagte der Murl. »Wenn ich dich ohnehin nicht fressen kann, weil du krank bist . . .« Und er riß sich mit den Pranken den Bauch auf.

Aber es tat ihm sehr weh, und er schrie: »Wie lange dauert es, bis es aufhört!«

»Nicht lange.« Der Fuchs sah zu, was alles aus

dem Bauch des Murl herausquoll und wie die Arme des Murl in die Luft griffen, und er blieb auf seinem Platz sitzen.

»Aber es tut immer noch weh!« jammerte der Murl, und er hielt sich nicht mehr auf den Beinen und fiel nieder. »Wann hört es denn endlich auf!«

»Fang mit dem Fressen an«, sagte der Fuchs, »dann geht es schneller.«

Der Murl schöpfte sich mit letzter Kraft die Gedärme ans Maul und biß hinein. »Aber jetzt tut es noch mehr weh!«

»Du mußt schneller fressen«, sagte der Fuchs. Er erhob sich von seinem Platz und kam langsam näher.

»Dein Bauch ist ja gar nicht offen«, keuchte der Murl. »Wie hast du denn die Gedärme aus dir herausgebracht?«

»Ich habe dich angelogen«, sagte der Fuchs. »Es waren nicht meine Gedärme. Ich würde mir von niemandem einreden lassen, meine Gedärme zu fressen, auch von meiner Fähe nicht.«

Aber der Murl konnte ihn nicht verstehen, so laut tobte der Schmerz in ihm. »Wann hört es endlich auf«, stöhnte er.

»Gleich«, sagte der Fuchs.

Schließlich war der Fuchs allein. Er erbrach, was er gefressen hatte, wälzte sich kurz darin und lief dann den Graben entlang, bis er den Tod nicht mehr roch.

Siebzehntes Kapitel

Wie der Specht seine Wolke fand und der Fuchs seine Freiheit

Aber es hielt ihn nicht lange ohne den Anblick seines Sieges, und als der Morgen dämmerte, kehrte er zurück. Das Gehen fiel ihm schwer, und das eine oder andere Mal wäre er gefallen, hätten ihn die Wände der Grube nicht gehalten. Der Hunger war breit geworden, er bohrte nicht mehr in seinem Magen, sondern sirrte wie ein hoher, kalter Ton durch seinen ganzen Körper bis in die Spitze des Schwanzes.

Die Maden waren schon in dem toten Bären, und sie waren fleißig. Der Fuchs hatte Respekt vor ihnen, wie sie in dem offenen Bauch flimmerten, der an den Rändern schon bunt wurde. »Nehmt meinetwegen alles«, sagte er, »nur das Hirn laßt mir. Das will ich nämlich in die Luft werfen. Habt Verständnis dafür.«

Er biß sich in den Schädel des Bären hinein und zog das Hirn heraus, und wirklich, es sah aus wie eine Wolke. Der Himmel war morgenblau, und das

Hirn würde gut dort hinauf passen. Er faßte es mit den Zähnen und schleuderte es in die Höhe. Aber weil er nur wenig Kraft noch hatte, flog das Hirn nicht hoch genug, und er probierte es noch einmal. Beim zweiten Mal gelang es ihm besser, das Hirn flog über den Grubenrand hinaus; aber viel zu kurz war das gewesen, nur ein Blinzeln lang hatte das Hirn einer Wolke am Himmel geglichen; und was dieses Hirn sich ausgedacht hatte, stimmte: es war ein schönes Spiel, mit Wolken zu werfen. Der Fuchs machte weiter und lernte es immer besser, und bald mußte er sogar weniger Kraft aufbringen, um es noch höher zu werfen.

Um diese Zeit flatterte ein Specht über die Wiese, der sah aus den Gräsern eine Wolke fliegen, die einem Hirn glich. Spechte haben keine hohen, luftigen Interessen, sie halten sich an das Harte, dem aber widmen sie sich mit Ernst; und weil ihre Arbeit Tradition hat, hat sie Erfolg, und auch der Erfolg hat Tradition, und es gehört zu diesen Traditionen, daß Arbeit und Erfolg immer die gleichen sind und das eine und das andere nicht höher hinaus wollen, weil es nämlich nichts gibt, woran sie sich messen könnten, außer an sich selbst – und was heißt Tradition anderes?

Hoch hinaus wollen und können nur die Schwalben, und sie erzählen auch davon, sie erzählen, wie es ist, durch eine Wolke zu fliegen, nämlich wie durch eine plötzlich andere Welt; und nicht, daß sich der Specht je nach etwas gesehnt hätte, was außerhalb seiner Reichweite lag – aber als er diese kleine, brauchbare Wolke sah, die aus dem Gras flog und wieder ins Gras zurückfiel, ohne sich in einem Irgendwo aufzulösen, da ließ er sich ein Stück weit davon auf einem Sanddornstrauch nieder und schaute zu, wie sich das mit dieser Wolke entwikkelte. Und ihm fiel auf, daß die Wolke hart sein mußte, denn Hartes erkannte er von weitem, und bei Hartem kannte er sich aus. Und zum ersten Mal regte sich die Sehnsucht in ihm. Es waren Glück und Dankbarkeit in so kleinen Mengen, daß sie dem Specht seine Bescheidenheit nicht nahmen. Womöglich, dachte er, gibt es auch Wolken für Spechte; nicht solche, die die Welt plötzlich anders machen, wie die Wolken der Schwalben, sondern solche, die brauchbar sind und praktisch und hart. Er hatte nie solche Wolken gesehen und nie von solchen Wolken gehört; aber, dachte er, wenn es welche gibt, und der Anschein spricht dafür, dann will ich mich nicht dagegen sperren. Woher hätte der Specht auch ein Bärenhirn kennen sollen!

Die Wolke flog immer höher aus der Wiese, der Specht sah von seinem Platz aus nicht, daß unter ihr ein Graben war. Er sah den Graben nicht einmal, als er näher an die Stelle heranhüpfte, denn das Gras verbarg den Rand des Grabens. Er spannte auf eine Gelegenheit, und als sich seine Wolke wieder aus dem Gras erhob, flatterte er los und landete auf dem

Hirn des Bären. Und fiel mitsamt dem Hirn in die Grube, dem Fuchs vors Maul.

»Ach so«, sagte der Specht, »die Wolke gehört dir, das wußte ich nicht.« Die Sehnsucht, so klein wie sie gewesen war, legte sich wieder, und es tat dem Specht nicht weh.

»Du kannst diese Wolke für dich haben«, sagte der Fuchs. Jetzt, da sein Spiel unterbrochen worden war, schlug ihn die Erschöpfung härter als zuvor. Er war froh, in seinen letzten Minuten nicht allein zu sein.

»Was kann ich mit dieser Wolke anfangen«, fragte der Specht.

»Iß sie«, sagte der Fuchs.

»Ich habe nie gehört, daß man Wolken essen kann.«

»Diese Wolke hier ist vielleicht weniger eine Speise für dich als für mich«, sagte der Fuchs. »Aber wenn du bei mir bleibst, bis ich gestorben bin, ist mir recht, was immer du mit ihr anfängst.«

»Warum stirbst du denn überhaupt, wenn ich fragen darf«, sagte der Specht.

»Ich werde wohl verhungern.«

»Dann iß doch du die Wolke!«

»Ich habe schon zu viel gefressen«, sagte der Fuchs, »und was hier noch übrig ist, das bringe ich nicht mehr hinunter. Auch die Wolke nicht. Und darum werde ich am Hunger sterben. Alle Tiere, die hier unten liegen, habe ich getötet, eines nach dem anderen. Ich habe sie zusammengeschlagen und zusammengefressen, bis ich nicht mehr konnte. Und beim letzten hier, dem Bären, ist mir das Blut dann zu viel geworden. So wird es geschehen, daß ich neben diesem Reichtum verhungern werde.«

»Das tut mir leid«, sagte der Specht, »mir fällt jetzt auch gar nichts ein...« Er hatte keine Angst vor dem Fuchs, denn was hier als Kadaver herumlag, zählte er nicht zu seinesgleichen. Seine Augen sahen nur, worauf sie durch die Tradition trainiert waren. Auf kleines Gewimmel waren sie trainiert. »Die Wolke interessiert mich doch nicht so sehr, wie ich dachte«, sagte er. »Aber hier, das, was hier auf dem Fleisch wimmelt... Wenn ich davon haben könnte...«

»Nimm, so viel du willst«, sagte der Fuchs.

Der Specht machte sich über die Maden her. »Kann ich gar nichts für dich tun«, fragte er, während er einen schmalen Schacht in den Bauch des Bären pickte. »Gibt es denn gar nichts, worauf du Lust hast?«

»Weißt du, was Brot ist«, fragte der Fuchs.

»Natürlich weiß ich das.«

»Und weißt du, wo es welches gibt?«

»In der Küche vom Holzmeier soll es welches geben«, sagte der Specht. »Mich selbst interessiert Brot ja nicht. Aber manchmal kann man nicht anders, als den Amseln zuzuhören, wenn sie sich Sachen erzählen.«

»Du hast einen starken Schnabel«, sagte der Fuchs. »Flieg zum Holzmeier und hol mir Brot aus seiner Küche.«

»Gut«, sagte der Specht, »das kann ich machen.«

Er flog davon und kam bald darauf wieder mit einem Stück Brot.

»Es ist wenig«, sagte der Fuchs.

»Gut«, sagte der Specht und flog noch an die zwanzig Mal, und der Fuchs kam allmählich wieder zu Kräften.

»Verhungern wirst du jetzt nicht mehr«, sagte der Specht. »Wenn du jetzt auch noch Flügel hättest...«

»Habe ich aber nicht«, sagte der Fuchs. »Ich habe nur einen Schwanz, der zu nichts taugt.«

»Dafür ist er aber besonders schön.«

»Aber doch nur, um von seiner Nutzlosigkeit abzulenken.«

»Was nützt es, so unzufrieden zu sein«, sagte der Specht. »Wir sind, wer wir sind, und haben, was wir haben. Ich einen starken Schnabel und du einen schönen Schwanz. Manchmal hat man Wünsche, dagegen ist nichts einzuwenden. Denn sie schmerzen doch nur, wenn man ihretwegen anders tut als sonst. Dieser Haufen hier, dachte ich, wäre eine Wolke. Es ist keine Wolke. Gut. Ich habe keinen Flügel dafür gegeben, daß er eine ist. Es genügt mir ja, ihn für eine Wolke gehalten zu haben. Muß er doch nicht auch noch eine sein.«

Der Fuchs hörte dem Specht nicht zu. Er dehnte sich und prüfte seine neue Kraft, indem er an den Wänden der Grube hinaufsprang. »Du könntest mir mit deinem Schnabel Stufen in die Wand hacken«, sagte er. »Dann werde ich mit allem zufrieden sein.«

»Das kann ich«, sagte der Specht und begann sogleich damit.

»Nein«, sagte der Fuchs, »in die andere Wand sollst du Stufen hacken. Ich will auf der Seite des Herrn Holzmeier heraussteigen.«

»Auch gut«, sagte der Specht, und am Nachmittag waren die Stufen gemacht.

Der Fuchs nahm Anlauf, und schon beim ersten Mal gelang es ihm und er war frei.

Achtzehntes Kapitel

Wie der Fuchs zu Tanze ging

Herr Holzmeier dirigierte etwas Großes. Dazu waren Lastwagen angefahren, und alle Männer, die bei Herrn Holzmeier zu tun hatten, standen vor dem Haus und staunten, denn die meisten hatten es nicht für möglich gehalten. Seit Monaten schon war jeder Tag ein besonderer gewesen auf dem Hof des Herrn Holzmeier. Nun ging es endgültig los.

»Zu trinken fehlt mir noch«, sagte der Fuchs. Er kauerte am Rand des Gemähten und schaute zum Haus hinunter. »Wenn dir das Flattern zu anstrengend wird, setz dich ruhig auf meinen Kopf!«

»Gut«, sagte der Specht und ließ sich über den Augen des Fuchses nieder.

Sie sahen, wie die Männer des Herrn Holzmeier Gerätschaften von den Lastwagen luden und sie prüften und nickten oder die Köpfe schüttelten. Und es waren einige Männer darunter, die noch keine Stiefel anhatten, die machten sich jetzt fertig, schlüpften, ohne die Schuhe auszuziehen, in die hohen Stiefel, die an der Hauswand bereitstanden. Dann wurde Aufstellung genommen, und die Lastwagen wurden aus dem Hof gefahren und neben dem Weg abgestellt, und auch die Fahrer traten zu den anderen und nahmen Aufstellung.

»Nicht auszudenken«, sagte der Fuchs, »was geschehen wäre, wenn wir alle zusammen hier angekommen wären!«

»Ich weiß nicht, was du meinst«, sagte der Specht.

»Ich bin zu müde und zu durstig, um es dir zu erzählen«, sagte der Fuchs. »Außerdem ist es so lange her und alles ist anders, und alte Versprechungen zählen jetzt nichts mehr. Aber trotzdem will ich immer noch zu Tanze zu gehen.«

»Du bist ja schon wieder unzufrieden«, sagte der Specht. »Erst willst du trinken, dann willst du auch noch tanzen ...«

»Erst will ich trinken!«

»Was sitzen wir dann hier und schauen dem Treiben dort unten zu, das uns nichts angeht! Machen wir uns auf zum Bach, ich zeig dir den Weg.«

Aber der Fuchs blieb, wo er war. »Was trinkt der Herr Holzmeier«, fragte er.

»Er trinkt Bier«, sagte der Specht.

»Und die anderen dort unten?«

»Sie trinken auch Bier.«

»Und woher nehmen sie das Bier?«

»Aus einem Holzfaß, das hinter dem Haus im Schatten steht.«

»Dann will ich auch Bier trinken«, sagte der Fuchs. »Kannst du ein Loch in ein Holzfaß hakken?«

»Natürlich kann ich das«, sagte der Specht.

Sie schlichen durch das hohe Gras um das Haus herum. Der Fuchs wartete, und der Specht flog zu dem Bierfaß und begann seine Arbeit. Es war ein dünnes, hartes Trommeln, und bald zischte es. Da rannte der Fuchs über den Rasen, warf sich unter den dünnen Bierstrahl, der aus dem Faß schoß, und trank. Aber als er genug hatte, lief er nicht etwa wieder zurück ins hohe Gras, wo er sicher versteckt gewesen wäre, sondern legte sich neben dem Faß nieder. Im Schatten von Holzmeiers Haus.

»Erst bist du mit gar nichts zufrieden und dann mit allem«, sagte der Specht.

»Sag, Specht«, rief der Fuchs gut gelaunt, und es war unvorsichtig, daß er so laut rief, »sag, warum kümmerst du dich so um mich?«

»Ich tu doch nur, worum du mich bittest«, antwortete der Specht.

»Davon rede ich ja, Specht! Aber warum tust du, worum ich dich bitte?«

»Das meine am Tag ist schnell getan«, sagte der Specht, »da bleibt viel Zeit übrig, und heute war ein besonders guter Tag für mich. Maden aus Bäumen zu holen nimmt mehr Zeit in Anspruch, als Maden aus einem weichen Bauch zu holen. Warum soll ich also nicht tun, worum du mich bittest, wenn ich

Zeit dazu habe? Was ich für mich selber tun will, das habe ich getan. Und was soll ich darüber hinaus für mich tun? Soll ich etwas Falsches für mich tun, nur, damit etwas getan ist? Oder soll ich etwas tun, was ich gar nicht will, nur, weil ich es noch nie getan habe? Also tu ich doch lieber, worum mich einer bittet. Ich bin zwar der Meinung, ein jeder sollte nur wollen, was er auch selber tun kann. Aber es ist doch besser, man weiß, was man will, und kann es nicht tun, als man tut etwas und weiß nicht, was man damit will. Du wirst ja wissen, was du willst. Und wenn es dir nützt, warum soll ich es dann nicht für dich tun?«

»Dann bin ich grad wie dein Herr, und du bist grad wie mein Knecht«, sagte der Fuchs.

»Ach, das würde ich nicht sagen«, antwortete der Specht. »Wie soll das gehen, wo ich Flügel habe, und du keine!«

»Dann tu noch etwas für mich!«

»Ich bin so viel Unzufriedenheit nicht gewöhnt. Aber wenn du willst und wenn ich kann ...«

»Ich möchte lachen und tanzen. Das war mir versprochen worden. Und warum das alles, was war, wenn das am Schluß nicht sein soll?«

Sie machten aus, daß der Specht zu den Männern des Herrn Holzmeier hinüberfliegen und einem nach dem anderen auf den Kopf picken soll, und der Fuchs vom Hauseck aus zusieht, ob es lustig wird.

So geschah es, und es war lustig. Die ganze Auf-

stellung brachte der Specht durcheinander. Die Männer schlugen mit den Gerätschaften nach ihm und trafen sich selber auf Kopf und Schultern, und das löste Streit aus, und noch ehe der Specht einen jeden gepickt hatte, wirbelten die Stiefel den Staub auf, und es wurde geprügelt. Das Geschrei der Männer nahm der Fuchs als Musik und tanzte dazu. Er stellte sich auf die Hinterläufe und tanzte dazu. Stand im Schatten von Holzmeiers Haus und tanzte. Und lachte.

Der Specht kam zurückgeflogen, setzte sich auf einen Fensterladen und betrachtete den Fuchs, der sich wie toll drehte. »Wenn du nur selbst weißt, was du willst«, sagte er. »Ist das alles, was du von mir wünschst?«

»Es ist alles«, lachte der Fuchs, »es ist alles! Ich danke dir! Und erzähl jedem, den du triffst, du habest den Fuchs gesehen, der alle alle alle überlebt hat!«

»Ich bin nicht sehr gesprächig«, sagte der Specht und flog davon.

Da ertönte eine Stimme aus dem Haus, und die Männer drüben ließen die Gerätschaften fallen und waren still. Der eine oder andere lag am Boden, das sah man, als sich der Staub verzog. Alle lauschten auf die Stimme des Herrn Holzmeier. Nur der Fuchs nicht, dem gefiel der Tanz auch ohne Musik, und sein Lachen schallte über den Hof und verriet ihn.

Herr Holzmeier wußte nun, woran er war, und

er ließ die Hunde holen, die im Zwinger standen, die Vorderpfoten hoch am Gitter, drei Stück, dreiviertel so groß wie Löwen und durch und durch voll Abrichtung und Befehl.

Neunzehntes Kapitel

Wie die Fähe dem Fuchs zum dritten Mal erschien

So klug waren die Hunde, daß sie den Fuchs auf den Graben zutreiben wollten; aber noch klüger war der Fuchs, und der Verfolgte gibt die Richtung an, wenigstens solange er noch bei Kräften ist; und Kraft hatte der Fuchs – vom Brot, vom Bier, vom Tanzen und Lachen. Auf der anderen Seite der Wiese war ja auch ein Wald, und bin ich erst dort, dachte der Fuchs, dann können mir die Drei gestohlen bleiben. Zahme im Wald, das ist ein Witz, so dachte er. Die Hunde dachten gar nichts, und Klugheit war nicht vonnöten, sie waren abgerichtet; und ihre Abrichtung hieß: Wenn wir ihn nicht in den Graben treiben können, dann treiben wir ihn eben in den Wald; denn auf Herrn Holzmeiers Hof war es längst schon so, daß die Zahmen die Gewohnheiten der Wilden angenommen hatten. Erst hatten sie die Gewohnheiten der Wilden studiert, dann hatten sie sie angenommen. Und solche sind die besten Jäger.

Der Fuchs setzte über das erste Unterholz, fegte

durch das Farnkraut hinauf zu den jungen Tannen, tauchte unter ihre niederen Zweige, sein Herz raste, und er hielt inne. Die Verfolger bellten nicht mehr; aber er ließ sich nicht narren. Hunde bellen nicht gern im Wald, denn sie haben Respekt vor dem Wald. Er stellte die Ohren auf und lauschte. Kein Vogel zwitscherte, kein Eichkätzchen kratzte, kein Zweig rieb sich an einem anderen. Nur sein Herz hörte er, und bald hörte er auch sein Herz nicht mehr. Ein so kurzer Lauf vermochte es nicht lange zu beunruhigen. Es war still um ihn herum, und der Fuchs ahnte, daß dieser Wald hinter dem Hof des Herrn Holzmeier nicht für ihn gewachsen war. Wo gab es denn das: stille Wälder.

»Ich hoffe, ich kann dir noch einmal helfen«, sagte seine Fähe. Sie stand keine zwei Sätze von ihm entfernt außerhalb des Jungwaldes zwischen den nackten Stämmen der Lärchen. Sie war ohne den Mond gekommen.

»Kriech zu mir«, sagte der Fuchs, »dort, wo du bist, können sie dich sehen.«

»Mich suchen sie ja nicht«, sagte sie.

»Beschimpfe mich nicht wieder«, sagte der Fuchs. »Ich habe viel mitgemacht, aber daß du mich beschimpfst, das ist das Schlimmste.«

»Hätte ich nicht geschimpft«, sagte sie, »dann hättest du dich gehen lassen und wärst jetzt nicht mehr am Leben.«

»Ich habe mir so etwas Ähnliches schon gedacht«, sagte der Fuchs. »Ich habe gedacht, du rechnest mit meinem Trotz.«

»Damit habe ich gerechnet, ja.«

»Dann hast du falsch gerechnet. Ich habe getan, was du wolltest, weil ich dachte, du willst mich nicht mehr. Und wenn du mich nicht willst, dachte ich, rentiert es sich nicht, für dich zu sterben.«

»So habe ich es mir ungefähr gedacht.«

»Und was ist daraus geworden?«

»Ich bin stolz auf dich«, sagte die Fähe. »Du hast sie alle überlebt.«

»Ja, aber es ist noch nicht zu Ende«, sagte der Fuchs, »und dieser Wald hier ist so still, und er riecht nicht. Ich glaube fast, ich bin der einzige, den man hier hören und riechen kann.«

»Der Herr Holzmeier hat den Wald leergeschossen und sich ein Paradies eingerichtet. Hier sind die Hunde im Vorteil, das mußt du wissen«, sagte die Fähe.

»Dann will ich jetzt endlich zu dir kommen«, sagte der Fuchs. »Ich habe gegessen, getrunken, gelacht und getanzt. Wenn ich bei dir bin, und sie beißen mich zu Tode, dann hat es sich rentiert.«

Er duckte sich, aber sie wich vor ihm zurück. »Ich bin häßlich«, sagte sie, »und du bist immer noch schön. Schau mich lieber von weitem an. Ich habe die Haare verloren, und mein Schwanz ist abgezaust. So will ich dich nicht, und so willst du mich auch nicht.«

»Es ist nicht wahr«, rief der Fuchs.

»Doch, es ist wahr«, sagte sie. »Ein Schöner und eine Häßliche passen nicht zusammen. Du mußt erst etwas lassen, bevor du zu mir kommst.«

Sie wandte sich ab, und der Fuchs machte sich flach und kroch schnell aus dem Dickicht, wollte zu ihr hin.

Es war keine Sekunde zu spät. Ein Rawau und Haß bis hinauf in die Wipfel! Der eine von den drei Hunden war hinter den Fuchs gekommen, und er verfehlte ihn nur knapp. Der Fuchs sprang in die Luft und drehte sich in der Luft und war ab durch die Mitte.

Der Hund gab nicht viel dazu, nur: »Täusch dich nicht. Du läufst meinen Brüdern ins Maul. Mir langt auch dein Arsch.«

Zwanzigstes Kapitel

Wie der Fuchs verhandelte und wie ein Sieger aussieht

Als der Fuchs, der langsamer war als sein Verfolger, durch die schmalen Lücken zwischen den Stämmen setzte, um die der Hund einen Umweg machen mußte, weswegen allein sich sein Abstand zur Beute nicht verringerte, griffen die anderen beiden von den Seiten an, denn die Hunde hatten sich vorher, ihrer Abrichtung folgend, das Terrain aufgeteilt; und bald sah es nicht mehr gut aus für den Fuchs. Nun war der Wald nicht mehr still, das Keuchen und das Brüllen und die Steine und Äste und das Laub und was noch alles von den Krallen spritzte, das war die Musik der Hunde, und der Todeslauf war ihr Tanz, denn auch sie hatten auf ihren Tanz gewartet, hinter dem Gitter hatten sie gewartet, und was ihnen versprochen worden war mit Befehl und Abrichtung, das wollten sie sich jetzt holen.

Bald merkte der Fuchs, daß es nicht so weit her war mit der Kraft aus Brot und Bier und Lachen und

Tanz, und auch wenn daraus die größte Kraft für einen Fuchs gewachsen wäre, die Beine wären ihm deswegen nicht länger geworden. Der Fuchs ist klein, und wenn ihm nicht geholfen wird, dann verliert er gegen die Großen. In einem leergeschossenen Wald gibt es keine Hilfe, nichts lenkt die Verfolger ab, auf nichts kann der Verfolgte hoffen, Lärchen haben unten kahle Stämme; um sich zu verstecken, müßte einer Flügel haben.

Obendrein endete der Wald an einer Felswand, über die im Sommer die Gewitter ins Land fielen. Das Dreieck der Hunde hatte sich zusammengezogen, und die einzige Hoffnung für den Fuchs war ein Baum, den vor Zeiten ein Blitz hohl gemacht hatte. Er zwängte sich hinein, aber es reichte nicht. Er hatte nicht genug Platz in dem hohlen Baum. Er konnte sich drehen, wie er wollte, etwas schaute immer heraus. Zum Beispiel die Nase.

»Nase«, sagte der Fuchs, »ich glaube, ich muß dich zum Tod verurteilen. Du bist zu lang, das ist dein Vergehen. Aber weil sonst nichts gegen dich vorliegt, gewähre ich dir einen Prozeß. Verteidigen mußt du dich selber. Laß dir gute Argumente einfallen und beeile dich!«

»Mein Tod wird dir ungeheuere Schmerzen bereiten«, sagte die Nase. »Du wirst tagelang schreien.«

»Das kann gut sein«, sagte der Fuchs, »aber irgendwann wird der Schmerz aufhören, und ich werde leben.«

»Ja, vielleicht wirst du leben. Aber die Frage ist: Wie lange wirst du leben, und wie wirst du leben?«

»Das sind wichtige Fragen«, sagte der Fuchs, »kein Zweifel, und ich werde mich mit ihnen auseinandersetzen, wenn es so weit ist. Im Augenblick aber gibt es nur eine Frage, und die lautet: Werde ich überhaupt leben?«

»Nein, das ist nicht die richtige Frage«, entgegnete die Nase. »Die richtige Frage ist: Wie wirst du sterben?«

»Es wird nicht schlimmer sein ohne Nase zu sterben als mit Nase.«

»Verlaß dich nicht darauf! Denn ohne mich kannst du dich auf gar nichts mehr verlassen. Wie bitter der Hunger schmeckt, das hast du gelernt. Ohne mich wirst du verhungern. Du wirst den Kot der Rehe für Trüffel halten, und dein Magen wird sich umdrehen. Bald wirst du dich nicht mehr getrauen, etwas zu fressen, aus Angst, du könntest dich vergiften, weil du niemanden bei dir hast, der dich warnt und der dir rät. Und deshalb wirst du verhungern. Du hättest schon mit Nase verhungern können, und du wolltest es nicht. Willst du es jetzt ohne Nase versuchen?«

»Gut«, sagte der Fuchs, »das sehe ich ein.«

Er zog die Nase ein und streckte die Augen aus dem hohlen Baum und sagte: »Augen, ich glaube, ich muß euch zum Tod verurteilen. Ihr seid klein, aber doch zu groß. Aber weil ich bisher nichts an euch auszusetzen hatte, will ich euch einen Prozeß gewähren. Argumentiert gut und beeilt euch. So viel Zeit wie der Nase kann ich euch leider nicht geben.«

»Wir machen es kurz«, sagten die Augen. »Ohne uns wirst du verhungern.«

»Dieses Argument hat die Nase schon verwendet. Und ich glaube ihr. Ihr müßt euch etwas anderes einfallen lassen.«

»O nein«, sagten die Augen, »wir lassen nicht mit uns handeln. Was wahr ist, ist wahr. Hast du denn gar nichts gelernt? Willst du noch einmal in einen Graben fallen? Ohne Augen wird dich nichts davor bewahren.«

»Aber es ist besser, in einem Graben zu leben, als gar nicht zu leben«, sagte der Fuchs.

»Das mag sein«, sagten die Augen. »Und wenn du der Überzeugung bist, daß es in jedem Graben, in den du fallen könntest, etwas zu fressen gibt, dann überlaß uns getrost den Hunden. Die Nase mag sehr wichtig sein, das wollen wir gar nicht bestreiten. Aber ist es nicht besser, nicht in einen Graben zu fallen, als in einen Graben zu fallen und dann zu riechen, daß es dort nichts zu fressen gibt?«

»Gut«, sagte der Fuchs, »auch das sehe ich ein.«

Flugs drehte er sich in dem hohlen Baum zurecht, streckte seine Beine heraus und sagte: »Beine, ich glaube, ich muß euch zum Tod verurteilen. Aber weil alles in Ordnung mit euch war, gewähre ich euch einen Prozeß. Redet und beeilt euch! Ihr habt noch weniger Zeit als die Augen.«

»Im Graben war es eng«, sagten die Beine. »Das stimmt doch, oder,«

»Ja, das stimmt.«

»Aber nicht so eng wie hier in diesem hohlen Baum. Das stimmt doch, oder?«

»Ja, das stimmt auch.«

»Und im Graben warst du nicht gern, oder?«

»Dort war ich nicht gern, ja.«

»Also wirst du in diesem hohlen Baum erst recht nicht bleiben wollen, oder?«

»Nein, will ich nicht.«

»Aber ohne uns«, sagten die Beine, »wirst du hier bleiben, bis du verfaulst.«

»Gut, das sehe ich ein«, sagte der Fuchs und drehte sich wieder in dem engen Loch zurecht. Diesmal streckte er den Schwanz hinaus.

»Schwanz«, sagte er, »die Zeit drängt, ich kann dir nur ein Wort lassen.«

»Ich bin schön«, sagte der Schwanz.

Wer weiß, vielleicht hätte das dem Fuchs genügt. Den Hunden war es einerlei, sie dachten nichts und hörten auf nichts, sie waren abgerichtet und voller Befehl, und der Befehl lautete: Das Lebendige zerbeißt und bringt es als Totes! Und so brachten sie dem Herrn Holzmeier den Schwanz des Fuchses, zerrissen in drei Teile. Sie hatten ihren Tanz gehabt.

Aber der Fuchs lebte. Und der Schmerz ließ nach.

Die Kollegen werden mich verlachen, dachte er, es wird mir nichts anderes übrig bleiben, als darauf zu bestehen, daß es etwas Besonderes ist, keinen Schwanz zu haben. Ich werde sagen: So sieht eben ein Sieger aus. Wer je einen Sieger gesehen hat, der wird mir das bestätigen. Sie werden nicht widersprechen; denn wenn sie schon nicht so tun können, als wären sie selbst Sieger, dann werden sie wenigstens so tun wollen, als hätten sie schon andere Sieger gesehen.

Und als es Nacht war, strampelte er sich aus dem hohlen Baum, schnürte an der Felswand entlang, bis sie endete, und lief die ganze Nacht durch bis über die belgische Grenze und weiter den nächsten Tag durch Belgien hindurch. Er fraß, was er auf seinem Weg fand, trank vom Wasser der Maas, ging allem aus dem Weg, das lebte, streunte bei Sonne und Mond durch die Ardennen, bis er eines Morgens auf eine Straße traf, die geradewegs zur Radrennbahn führte.

Dort sah er einen kleinen Mann in einer weißen Jacke, dunkelblauen Hosen, weißen Tennisschuhen und einer schwarzen Wollmütze. Mann und Fuchs blickten sich an, dann drehten sie sich beide um. Der Mann ging in die Stadt, der Fuchs zurück in die Ardennen und dann irgendwo hin.